베껴라 베껴!

글쓰기왕

1890년, 런던의 고급 식당

저도 탐정 소설 팬이랍니다.

왓슨의 약혼녀 메리

셜록 홈즈

왓슨

밥이나 먹지.

어쩌면 그렇게 사소한 단서로 사건을 쉽게 풀어 가시죠?

가장 사소한 단서가 가장 중요한 단서가 된답니다. 관찰을 잘하면 추리를 할 수 있죠.

호, 그래요? 그럼 저에 대해 이야기해 보세요.

밥이나 먹지.

밥이나 먹자는데요?

얘기해 보라니깐!

아…네. 음… 당신은 가정교사예요.

허걱! 어떻게 알았죠?

가르치는 아이는 8살 남자아이죠?

밥이나 먹자고.

7살이에요. 찰리라고.

그걸 어떻게 알았죠?

키가 큰 녀석이군요.

당신 왼쪽 귀 속에 잉크 튄 자국이 있어요. 아이가 장난치다 튄 거겠죠.

파란색 인도 잉크는 잘 지워지지도 않아요.

와우! 대단해요!

밥이나 먹자니까.

아이가 장난을 쳤는데도 화를 내지 않고 잘 타일렀겠죠. 그래서 아이의 엄마한테 점수를 땄어요.

당신이 약혼자를 만나러 나간다고 하니까 아이 엄마는 목걸이를 당신한테 빌려 줬을 거예요.

당신은 진주와 다이아, 루비가 박힌 목걸이를 하고 있어요.

화끈

그렇게 비싼 건 가정교사 월급으론 사기 힘들죠.

숙녀를 모욕하다니!

쪽-

우왓!

그러게 밥이나 먹자고 그랬잖아.

...

난 자장면.

밥이나 먹자고!

알았어! 볶음밥!

FIN.

5

맹가

안녕! 나는 맹가야.
세종대왕께서 만든 우리말 '훈민정음'의 해설에 나오는 "맹
가노니"에서 따온 이름이지. '맹가노니'는 '만드니'라는 뜻
이야. 내 이름을 듣고 맹꽁이라느니, 맹하다느니 하는 말은
말아 줘. 그런 건 유치원생 수준이야! 나는 세종대왕의 후
손으로서 좋은 글 바른 글을 쓰려고 애쓰고 있어.

반가워! 나는 수비니야.
훈민정음에 "수비니겨"라는 말이 있어. '쉽게
익혀서'라는 뜻이고, 여기서 따온 이름이지. 나
는 쉬운 글부터 잘 쓰려고 해.

수비니

가타

하이! 나는 가타야.
훈민정음에 "가타니라"란 말이 많이 나와. '같으니
라'라는 뜻이지. 난 우리말도 좋아하지만 영어도
좋아해. I love Korean, I love English!

홈즈

안녕하세요! 저는 홈즈입니다. 글쓰기에도 추리력이 필요하다고 해서 나왔습니다. 저의 이야기를 잘 듣고 글을 잘 쓰기 위한 단서를 꼭 기억하세요. 응, 응, 알았죠?

앞에 나온 만화에서 셜록 홈즈와 왓슨, 메리는 바로 맹가, 가타, 수비니가 분장한 모습이야. 어때, 그럴듯하지? 셜록 홈즈의 추리력은 정말 대단해. 메리의 겉모습만 보고도 직업이 가정교사라는 걸 알아맞혔으니까. 홈즈가 한 "가장 사소한 단서가 가장 중요한 단서가 된다."는 말은 잘 적어 두어야 해. 정말 중요한 말이거든.

우리말도 마찬가지야. 가장 사소한 것이 가장 중요한 것이 된다 이거지. 그 사소한 것은? 조사, 어미, 생략, 맞춤법…… "스톱!"이라고? 물론 벌써부터 머리 아플 필요는 없어. 이 책을 한 장 한 장 넘기다 보면 어느새 우리말을 재미있게 잘 쓰는 자신을 보게 될 테니까.

자, 그럼 이제부터 맹가와 수비니, 가타와 함께 우리말 베껴 쓰기 여행을 떠나 보자!

참 쉬운 글쓰기 연습법, 베껴 쓰기

선생님은 전국의 초등학교를 돌아다니면서 학생들에게 글쓰기를 가르쳤어. 여러분 같은 어린 친구들과 웃고 떠들다 보면 한 시간이 금세 지나가 버리지. 선생님은 글쓰기 수업을 하면서 초등학생들이 흔히 저지르는 실수가 무엇인지를 알게 되었고, 그걸 고쳐 주려 노력했지. 그 결과 이 책이 나오게 됐어. 이 책에는 글쓰기 실수를 줄이는 법과 글을 더 잘 쓰는 방법을 써 놨단다.

어떻게 가르치기에 아이들이 모두 글을 잘 쓰게 되었냐고? 그건 매우 간단해. 그 비결은 바로 베껴 쓰기에 있단다. 아무것도 묻지도 따지지도 말고 좋은 글들을 많이 베껴 써 보는 거지. 설사 어렵고 복잡한 글쓰기 원칙을 모른다 해도, 베껴 쓰다 보면 글쓰기 원리가 저절로 몸에 배게 되어 있거든. 정말 쉽지?

선생님이 가르친 아이들 중에 베껴 쓰기로 개과천선하지 않은 아이는 하나도 없었어(사실은 어른들도 마찬가지였어). 그야말로 백발백중 글쓰기 연습법이란 얘기지. 글쓰기 올림픽이 있다면, 선생님은 이 비법으로 금메달을 받을지도 모르겠어. 하하, 물론 농담이야. 그 정도로 자신 있다는 거야. 그러니 일단 믿고 베껴 써 봐.

　이 책에는 글쓰기 원칙을 자연스럽게 익히게 하는 예문들이 나와 있어. 예문을 보면서 생각해 보고 선생님의 강의를 읽으며 기본을 익히면 돼. 이어서 베껴 쓰기를 위한 좋은 글들이 나온단다. 책에 그대로 베껴 쓸 수 있게 되어 있지. 유명한 작가 선생님들의 글들을 수록했으니 큰 도움이 될 거야. 또한 스스로 글을 지어볼 수 있도록 글쓰기 주제를 정해 두었지. 이 책을 끝까지 보면서 베껴 쓰고 지어 쓴 어린이라면 글쓰기 능력이 적어도 한 뼘은 자라게 될 거야.

　"글 잘 쓰는 아이가 공부도 잘한다!" 이 말은 선생님이 자주 강조하는 말이야. 공부 잘하는 아이가 모두 글도 잘 쓴다고 말할 수는 없지만, 사실상 글 잘 쓰는 아이 치고 공부에 뒤처지는 아이는 없단다. 앞으로는 교육과 입시 제도가 바뀌게 되어 더욱 그렇게 될 거야. 글쓰기 능력은 곧 공부하는 능력인 셈이지. 엄마나 아빠에게 여쭤 봐도 좋아. 아마 선생님 말이 맞다고 하실 거야. 그러니 모두 이 책으로 베껴 쓰기에 도전해 보는 건 어떨까? 절대 후회하지 않을 거야. 왜냐면 아주 쉽고 재미있으니까.

　이제부터 좋은 글을 만나면, 베껴라 베껴! 글쓰기왕이 될 때까지.

차례

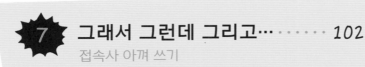

이랬다저랬다 하지 않기

높임말과 낮춤말

맹가가 멋진 공연을 마친 무용수와 이야기를 나누고 있어. 그런데 무용수가 뱅글뱅
글 도느라 너무 어지러웠는지 높임말과 낮춤말을 마구 섞어서 말하고 있네. 함께
이야기를 나누던 맹가는 당황할 수밖에 없었지. 맹가는 무용수에게 '높임말로 시
작했으면 끝까지 높임말을 써야 한다'고 말하고 싶었어.

높임말과 낮춤말을 섞어 써도 될까?

다음 예문을 보고 어색한 부분을 찾아보자.

> 내 별명은 새우다. 왜냐하면 새호라는 이름이 새우와 비슷해서 이다. 나와 재일 친한 사람은 보성입니다. 어렸을 때부터 친했기 때문이다. 나의 취미는 두 개입니다. 하나는 검도 또 하나는 자전거 타기입니다. 그리고 특기는 별로 없습니다. 저의 성별은 남자이다.

맹가, 수비니, 가타는 예문을 읽고 어떤 점이 어색하다고 생각할까?

글쓴이의 별명이 새우라는 것 아닐까요?

'재일' 친한 사람이라고 잘못 쓴 것이겠죠.

높임말을 썼다 낮춤말 썼다 한 것이 이상한데요?

맹가야! 글을 쓴 새호의 별명은 새우일 수도 있고 새참일 수도 있어. 물론 새발, 새총, 새나라, 새옹지마, 새색시일 수도 있지. 그건 뭐 부르는 사람 마음이지. 그 별명 때문에 글이 어색해진 것은 아니야.

가타, 맞아. '재일 친한'은 '제일 친한'이라고 써야 해. 글을 쓰다 보면 이런 일이 많아. 자기도 모르게 잘못 쓰게 되는 거지. 글을 쓴 새호도 자기가 왜 '재일 친한'이라고 썼는지 모르겠다면서 바로 '제일 친한'이라고 고쳤어. 알고 있어도 가끔은 이렇게 실수할 때가 있어. 아마 새호가 마음이 급해서 그랬을 거야. 글 고치기에 대해선 다음에 다시 설명할게.

수비니의 말이 제일 그럴듯해. 높임말을 썼다 낮춤말을 썼다 하는 것은 어색해. 자, 맹가가 수비니 아버지를 만났다 치자. 만약 맹가가 이렇게 말했다면 어떨까?

"수비니 아버님! 안녕하세요? 저는 수비니 친구 맹가라고 해요. 수비니랑 같은 학교에 다녀요. 벌써 점심시간이네요. 식사는 하셨어요? 나는 먹었다!"

수비니 아버지는 황당해하실 거야. 그러면서 속으로 생각하겠지.

'이상한 녀석이로군. 수비니한테 앞으로 맹가라는 아이를 만나지 말라고 해야겠다.'

글을 쓸 때는 말하는 것처럼

우리말을 쓸 때는 말하는 것하고 똑같이 써야 해. 자, 따라 해 봐.

 "우리말을 쓸 때는 말하는 것하고 똑같이 쓴다!"

알았지? 우리가 말을 할 때를 생각해 보자고. 높임말을 쓸 때는 높임말만 쓰고, 낮춤말을 할 때는 낮춤말만 하잖아.

물론 이 둘을 섞어 쓰는 경우도 있지. 엄마들이 서로 만나면 이렇게 말할 때도 있어. "어디 가요? 응, 나는 시장에 가. 그럼 가 보셔."라는 식으로. 이건 좀 특별한 경우야. 서로 나이도 비슷하고 예의도 좀 지켜야 하고 그럴 때는 높임말과 낮춤말을 섞어서 쓰기도 해. 그러나 글은 이렇게 쓰면 혼동이 되지.

글을 쓸 때에도, 처음에 높임말로 시작했으면, 끝까지 높임말을 써야 해. 낮춤말로 시작했으면, 끝까지 낮춤말을 써야 하고. 따라 해 봐.

 "높임말로 시작했으면, 끝까지 높임말을 쓴다. 낮춤말로 시작했으면, 끝까지 낮춤말을 쓴다."

그럼 이제 새호가 썼던 글을 올바르게 고쳐 보자.

제 별명은 새우입니다. 새호라는 제 이름이 새우와 비슷하기 때문입니다. 저와 제일 친한 사람은 보성입니다. 어렸을 때부터 친했습니다. 저의 취미는 두 개입니다. 하나는 검도이고 또 하나는 자전거 타기입니다. 그리고 특기는 별로 없습니다. 저는 남자입니다.

내 별명은 새우다. 새호라는 내 이름이 새우와 비슷하기 때문이다. 나와 제일 친한 사람은 보성이다. 어렸을 때부터 친했다. 내 취미는 두 개다. 하나는 검도이고 또 하나는 자전거 타기다. 그리고 특기는 별로 없다. 나는 남자다.

위의 글은 높임말로, 아래의 글은 낮춤말로 쓴 거야. 어때? 이랬다저랬다 하지 않으니 읽기 편하지?

그들 중에서 가장 권위 있어 보이는 생쥐가 큰 소리로 말했다.

"여러분, 모두 앉아서 내 말을 들어 주세요! 내가 곧 여러분 몸을 말려 줄 테니까!"

그들은 모두 생쥐를 에워싸고 커다란 원을 이루며 둘러앉았다. 앨리스는 초조한 마음으로 생쥐를 열심히 바라보았다. 빨리 몸을 말리지 않으면 감기에 걸릴 것 같았기 때문이다.

"에헴!" 하고 생쥐가 젠체하는 태도로 입을 열었다. "모두 앉았나요? 이건 내가 아는 가장 메마른 이야기요. 제발 조용히 하세요! '찬탈과 정복에 길들여져 있던, 그리고 강력한 지도자를 원하고 있던 영국인들은 교황의 총애를

(뒤쪽에 계속)

받은 정복왕 윌리엄을 왕으로 받들게 되었다. 머시아 백작 에드윈과 노섬브리아 백작 모르카는……'."

"우우!" 앵무새가 몸을 부르르 떨면서 말했다.

"죄송하지만, 뭐라고 하셨더라?" 생쥐가 얼굴을 찌푸리면서도 정중하게 물었다.

"아니야!" 앵무새가 허둥대며 말했다.

"난 또 뭐라고 한 줄 알았지. 그럼 계속할게요. '머시아 백작 에드윈과 노섬브리아 백작 모르카는 정복왕 윌리엄을 지지한다고 선언했고, 애국적인 켄터베리 대주교 스티건드조차 그것이 현명한 일임을 발견하고……'."

"뭘 발견했다고?" 오리가 물었다.

(뒤쪽에 계속)

"'그것' 말이야. '그것'이 무엇을 뜻하는지는 물론 알겠지?" 생쥐는 조금 퉁명스럽게 대꾸했다.

-김석희 선생님이 번역한 《이상한 나라의 앨리스》(웅진주니어) 중에서

* 앞의 글에서 생쥐가 하는 말을 들어 봐. 반말과 존댓말을 넘어서 말하고 있어. 존댓말을 하려면 '죄송하지만, 뭐라고 하셨더라?'는 '죄송하지만 뭐라고 하셨지요?'라고 해야 하고 '난 또 뭐라고 한 줄 알았지. 그럼 계속할게요.'는 '전 또 뭐라고 하신 줄 알았죠. 그럼 계속할게요.'라고 해야겠지.

베껴라 베껴! 글쓰기왕

맹가는 나일강 유람선에 올랐다. 유람선에서 맹가는 수피족의 남자 무용수가 공연하는 것을 봤다. 남자 무용수는 커다란 치마를 입고 나왔다. (아이고 망측해라!) 무용수는 무려 30분 동안 쉬지 않고 제자리에서 뱅뱅 돌았다. 그러면서 치마를 올렸다 내렸다 했다. (물론 팬티는 입고 있었다.) 무용수는 여러 벌의 치마를 입고 있었다. 회전하는 무용수를 따라 색색의 치마가 올라갔다 내려갔다 하면서 무지개 같은 색깔을 만들어냈다. 공연이 끝나고 맹가는 무용수를 만났다.

지구상에서 영어를 쓰는 나라는 모두 53개국이다. 세계 200여 개 나라의 4분의 1이다. 영어를 중요한 말로 생각하는 나라는 100개가 넘고, 영어를 쓰고 이해하는 사람은 20억 명이 넘는다. 또 거의 모든 나라에서 영어를 가르치고 있다. 자기 나라의 고유한 언어와 영어를 동시에 사용하는 나라도 있다. 영어를 사용하는 나라를 세계 지도에 그리면 지구의 한쪽 끝에서 다른 쪽 끝까지 길게 펼쳐진다. 이 때문에 영국은 한때 '해가 지지 않는 나라'라고 불렸다.

　　나라의 힘이 세지면, 그 나라 말의 힘도 커진다. 우리나라가 발전하면 발전할수록, 한글의 힘도 더 강해지는 것이다.

2

추리력을 발휘하라!

같은 뜻을 나타내는 말 빼기

김철진이라는 남자가 자신의 이름으로 삼행시를 짓자, 마리안느가 보란 듯이 사행시를 지었어. "마! 마리안느예요. 리! 리안이라고도 해요. 안! 안느라고 불러도 돼요. 느! 느무 예쁘죠?" 기발해 보이지만 두 사람 모두 시를 지으면서 자신의 이름만을 반복하고 있어. 만약 진짜 글을 김철진이나 마리안느처럼 쓰면 어떨까? 읽는 사람들은 짜증이 날지도 몰라. 한 번만 말해 줘도 충분히 알아듣는데 말이야.

비슷한 의미를 나타내는 말 찾기

다음 예문을 보고 어색한 부분을 찾아보자.

> 나에 대해서 소개한다. 나는 인간이다. 내 이름은 김철우다. 나는 남자다. 나는 할머니, 아빠, 엄마, 누나, 남동생과 함께 산다. 나는 2남 1녀의 장남이다. 나는 감포에 산다. 감포초등학교에 다니고 5학년 1반이다. 나의 취미는 낚시다. 나는 초등학교 1학년 때부터 5년 동안 낚시를 했다. 우리 아빠의 취미도 낚시다. 나는 우리 아빠와 함께 주말에 낚시를 한다. 나는 낚시를 아주 좋아한다. 아빠도 낚시를 좋아하신다.

맹가, 수비니, 가타의 생각은 어떨까?

괜찮게 쓴 거 같은데요?

'나는 인간이다'라고 한 부분, 우리는 모두 인간이니까요.

'내 소개'라는 제목이 이상한데요? '내 취미'가 맞지 않을까요?

맹가 말이 맞아. "나는 인간이다."는 빼도 돼. 개나 돼지가 글을 쓰지는 않으니까. 물론 이런 말이 있긴 해. "요즘엔 개나 소나 다 글을 쓴다." 그런데 이런 말은 좋지 않아. 남을 비꼬는 말이거든. 그것도 아주 심하게 모욕하는 말이지. 아무튼 글을 쓰고 읽는 우리는 모두 인간이니까, 나에 대해 소개할 때 그 사실을 말할 필요는 없어.

수비니 말은 옳을 수도 있고 아닐 수도 있어. 이 글의 제목은 '내 소개'라고 해도 되고 '내 취미'라고 해도 돼. 나중에 취미인 낚시에 대해 자세히 썼으니까. 하지만 그냥 '내 소개'라고 제목을 붙여도 괜찮아.

가타는 이 글을 읽고 '괜찮다'고 평했어. 정말 괜찮았어? 그럼 예문이 어디가 어떻게 어색한지 한 번 보자.

"나에 대해서 소개한다."는 문장은 빼도 돼. 어차피 나를 소개하는 글이야. 제목도 '내 소개'잖아. 예를 들어 '우리나라 대한민국'이 제목인데 첫 문장이 '우리나라는 대한민국이다'라고 한다면? 같은 말을 또 하는 게 되겠지?

맹가 말대로 "나는 인간이다."란 문장도 빼도 돼. 그렇게 안 써도 누구나 이 글을 쓴 철우가 인간이라는 사실을 아니까. 물론 글을 쓴 사람이 판도라 행성에서 온 아바타이거나, B-612 행성에서 온 어린왕자라면 그렇게 밝혀야겠지. 뭐? 인형나라에서 온 바비라고? 음, 심각한 공주병이군.

"나는 남자다. 나는 할머니, 아빠, 엄마, 누나, 남동생과 함께 산다. 나는 2남 1녀의 장남이다." 이 문장에서도 뺄 게 많아. 셜록 홈즈의 도움을 받아 볼까?

같은 뜻을 나타내는 말은 문장에서 빼자

먼저, "나는 남자다."라는 문장은 없어도 됩니다. 뒤에 보면 '누나'라는 단어가 나오니까 글을 쓴 사람은 남자입니다. 또 "나는 2남 1녀의 장남이다." 이 말도 없어도 돼요. "누나, 남동생과 함께 산다."라는 말 속에 이미 2남 1녀의 장남이란 뜻이 포함되어 있으니까 말이죠. "나는 감포에 산다. 감포초등학교에 다니고 5학년 1반이다." 이 글에도 감포라는 말이 두 번 나오죠. 결국 "나는 감포에 산다."라는 말은 없어도 됩니다. 만약 내가 감포에 살면서 감파이브초등학교에 다닌다면 "나는 감포에 산다. 감파이브초등학교에 다니고 5학년 1반이다."라고 써야겠죠. 응, 응, 알았죠?

고마워요, 홈즈.

역시 글을 잘 쓰려면 추리력이 있어야 하겠지?

그 다음도 마찬가지야.

"나의 취미는 낚시다. 나는 초등학교 1학년 때부터 5년 동안 낚시를 했다. 우리 아빠의 취미도 낚시다. 나는 우리 아빠와 함께 주말에 낚시를 한다. 나는 낚시를 아주 좋아한다. 아빠도 낚시를 좋아하신다."

위의 글을 줄여 보자.

"내 취미는 낚시다. 나는 초등학교 1학년 때부터 낚시를 했다. 우리 아빠의 취미도 낚시다. 나는 우리 아빠와 함께 주말에 낚시를 한다."

빙고!

"나는 초등학교 1학년 때부터 5년 동안 낚시를 했다."는 "나는 초등학교 1학년 때부터 낚시를 했다."로 쓰면 돼. 지금 5학년이니까 당연히 5년 동안 낚시를 했겠지? "나는 낚시를 아주 좋아한다. 아빠도 낚시를 좋아하신다." 이 문장은 없어도 돼. 취미가 뭐야? 좋아서 하는 거잖아. "나는 낚시가 싫다. 그런데 내 취미는 낚시다."라고 한다면 말이 안 되잖아.

올바르게
고친 글

내 소개

내 이름은 김철우다. 나는 할머니, 아빠, 엄마, 누나, 남동생과 함께 산다. 나는 감포초등학교에 다니고 5학년 1반이다. 내 취미는 낚시다. 나는 초등학교 1학년 때부터 낚시를 했다. 우리 아빠의 취미도 낚시다. 나는 우리 아빠와 함께 주말에 낚시를 한다.

어때, 훨씬 깔끔해졌지?

"저는 그렇게 어머니께 거짓말을 했습니다. 오늘도 아침에 나올 때 '얘야, 오늘 같이 추운 날 샤쓰 하나만 입어서 춥겠구나. 양말을 잘 신고 가거라' 하시기에 맨몸 맨발이면서도 '네, 샤쓰도 잘 입고 양말도 잘 신었으니까 춥지 않아요' 하고 속이고 나왔습니다."

창남이는 고개를 숙였다. 선생님이 물었다.

"네가 거짓말을 했다면 어머니께서 너를 보시고 아실 것 아니냐?"

"아아, 선생님……."

창남이의 소리는 우는 소리같이 떨렸다. 그의 수그린 얼굴에서 눈물이 뚝뚝 떨어졌다.

"저희 어머니는 제가 여덟 살 되던 해에 눈

(뒤쪽에 계속)

이 멀어 보지 못하십니다."

　체육 선생의 얼굴에도 굵은 눈물이 흘렀다.

　－방정환 선생님의 《만년 샤쓰》(길벗어린이) 중에서

베껴라 베껴! 글쓰기왕

만약 지구에 사는 사람이 100명이라면, 61명은 아시아 사람이다.

13명은 아프리카 사람, 또 다른 13명은 남북 아메리카 사람이다.

유럽 사람은 12명이다.

지구에 사는 사람이 100명이라면, 그 중 17명은 중국어를 쓴다.

9명은 영어를 하고, 8명은 인도 말을 한다.

스페인 어를 하는 사람은 6명, 러시아 어를 하는 사람이 6명, 아랍 어를 하는 사람이 3명이다.

한국어를 쓰는 사람은?

한 명이다.

나비가 날갯짓을 하면 태풍이 분다

나비를 잡으려고 아이가 뛰어간다.

뛰어가던 아이가 넘어진다.

엄마가 아이를 일으킨다.

길에는 돌부리가 나 있다.

엄마는 돌부리를 치운다.

아빠는 화가 난다.

시청에 전화를 해서 도로를 포장해 달라고 말한다.

시에서 도로를 포장한다.

아빠는 친구에게 이 이야기를 한다.

아빠 친구는 자기 동네 도로도 포장해 달라고 한다.

(뒤쪽에 계속)

사람들은 보이는 땅을 모두 도로로 만든다.

도로가 많아지니까 차들도 많아진다.

차들이 많아지니 공장도 많아진다.

차와 공장은 매연을 내뿜는다.

지구가 따뜻해지고 이상 기후가 나타난다.

태풍이 분다.

나비가 날갯짓을 하면 태풍이 분다.

3

경찰서까지 같이 가시죠

조사로 뜻이 달라지는 우리말

남아프리카공화국 제이콥 주마 대통령은 2010년 1월에 다섯 번째 결혼식을 올렸대. 대통령은 다섯 명의 부인들에게 "나는 첫째 부인도 사랑하고, 둘째 부인도 사랑하고……" 사랑한다는 말을 다섯 번이나 해야겠지. 자식은 열아홉 명이니 사랑한다는 말을 열아홉 번이나! 그런데 부인과 아이들에게 "너도 사랑해."라고 말하는 게 좋을까?

🐹 우리말에는 조사가 많다

"I love you."를 우리말로 옮겨 보자.

그럼 "I love you."는 '나 사랑하다 너'가 될까?

"I love you."는 '나는 너를 사랑해'야. 그럼 "You love me."는? '너는 나를 사랑해'가 되겠지? 또는 '나를 너는 사랑해'라고 해도 돼. 다음을 보자.

나는 너를 사랑해.

나를 너는 사랑해.

나는 너만 사랑해.

나는 너도 사랑해.

나랑 너랑 사랑해.

나는 너조차 사랑해.

나도 너를 사랑해.

나만 너를 사랑해.

나도 너만 사랑해.

만약 어떤 남자가 어떤 여자에게 "나는 너만 사랑해."라고 말한다면 여자는 좋아하겠지? 그리고 남자를 사랑하게 될 거야. 그런데 남자가 여자에게 "나는 너도 사랑해."라고 한다면? 따귀를 맞을지도 몰라. 여자는 바로 "너 바람둥이지?"라고 물을 거야. '만'을 쓰느냐, '도'를 쓰느냐가 이렇게 중요한 거야.

만약 남자가 여자에게 "나는 너조차 사랑해."라고 한다면? 여자는 속으로 생각할 거야. '너조차'라니, 내가 어때서. 이 사람은 나를 불쌍하다고 생각하는 거야. 흑흑흑.

반대로, 여자가 남자에게 "나만 너를 사랑해."라고 말한다면? 남자는 기분이 좋으면서도 '뭐지?' 하고 생각하겠지. "나만 너를 사랑해."라는 말은 마치 '다른 사람은 다 너를 싫어해. 너는 지저분하고, 머리도 나쁘고, 게으르잖아. 그래서 왕따 당하잖아. 하지만 나만은 너를 사랑해'라는 뜻인 것 같거든.

'나는 너를 사랑해'에서 '-는', '-를' 자리에 들어가는 것, 위의 예에서 보면 '-만', '-도', '-조차', '-랑', '-하고' 같은 것들을 조사라고 해.

"잠시 조사할 게 있습니다.
경찰서까지 같이 가시죠….."
할 때 그 조사인가요?

조사?
조사라면 바로 제가
전문이죠!

끙…… 가타야. 너 때문에 바쁜 홈즈까지 등장했잖아. 그 조사가 아니라고. 경찰서에서 하는 조사는 자세히 살펴보거나 찾아본다는 뜻의 調査(고를 조, 조사할 사)고, 이번에 알아 둘 조사는 助詞(도울 조, 말 사)야. 보통 단어 뒤에 붙어서 문장의 뜻을 확실하게 만들어 주거나 다른 말과의 관계를 나타내. 우리말에는 조사가 많아. 이게 우리말의 첫 번째 특징이야.

우리말은 조사를 써서 뜻을 바꾼다

 "우리말에는 조사가 많다."

조사가 많다는 건 그만큼 조사가 중요하다는 말이야. 조사 하나 잘 못 써서 사랑 받을 수도 미움 받을 수도 있어.

"나는 너를 사랑해.", "나를 너는 사랑해."라는 말을 보자. 영어는 "I love you.", "You love me."가 되지. I 와 You가 서로 자리를 바꾸면서 '나는'을 뜻하는 I가 '나를'을 뜻하는 me로 바뀌었어. 위치도 바뀌고 모양도 변했지. 우리말은 조사에 따라 뜻이 변하고, 영어는 글자의 위치와 모양이 바뀌면서 뜻이 변해.

중국어는 어떨까?

"나는 너를 사랑해."는 "我 愛 你."(워 아이 니)지만,

"너는 나를 사랑해."는 "你 愛 我."(니 아이 워)야.

위의 한자를 잘 봐. 위치는 바뀌었지만 모양은 그대로지? 중국어는 글자의 위치를 바꾸면 뜻도 바뀌어.

우리말은 영어나 중국어와 달리 말의 순서나 모양을 바꾸기보다는 조사를 써서 뜻을 바꾸는 거야. 조사를 써서 뜻을 바꾼다는 것. 꼭 기억해 둬.

그리스에 한 철학자가 있었다. 그는 사람들에게 "서로 사랑하라."고 가르쳤다. 어떤 못된 남자가 와서 그에게 돌을 던졌다. 쓸데없는 소리하지 말라면서. 못된 자는 철학자가 어딜 가든 쫓아다니며 돌을 던졌다. 철학자는 이웃 마을로 가서 친구에게 뭔가를 부탁했다.

　못된 자가 이웃 마을까지 쫓아와서 철학자에게 돌을 던졌다. 돌이 빗나가 옆에 있던 철학자의 친구를 맞췄다. 철학자의 친구는 못된 자에게 돈을 주며 말했다. "우리 마을에선 돌을 맞은 사람이 돌을 던진 사람에게 돈을 주게 돼 있소. 만나는 사람마다 돌을 던져 맞추면 큰돈을 받게 될 거요."

(뒤쪽에 계속)

못된 자는 신이 나서 마을의 젊은이들이 모여 있는 곳에 가서 돌을 던졌다. 그러자 화가 난 젊은이들이 못된 자를 실컷 두들겨 패 주었다.

-라퐁텐 우화 중에서

베껴라 베껴! 글쓰기왕

*마달이와 새달이는 형제라는 걸 미리 알고 읽으세요.

마달아, 낮에 민규한테 이것저것 물어 보는 것 다 봤다. 민규랑 민수 형이 우리랑 닮았다고 생각하는데, 뭐 조금은 비슷할지 몰라도 영 안 닮았단다.

그리고 너희는 왜 째째하게 남을 의심하니? 우리 형이랑 나는 절대 거짓말 안 한다. 우리는 랑랑별에서 틀림없이 살고 있는 아이들이야, 알았니?

오늘 낮에 새달이는 방귀 세 번 뀌었고 마달이는 여덟 번 뀌었지? 우리가 다 세어 봤단다. 마달이가 뀐 것 가운데 세 번은 뿡 뿡 뿡 했고 다섯 번은 픽 픽 픽 픽 픽 소리 났다.

(뒤쪽에 계속)

편지를 다 읽고 나서 마달이는 그만 "꽤액!" 하고 소리를 질렀습니다. 그러고는 멀리 하늘에 대고 외쳤습니다.

　"랑랑별 너희들은 뭐 할 일이 없어 남의 방귀 뀌는 것까지 다 세어 보니?"

　하지만 새달이는 반대로 깔깔 웃었습니다.

　"형은 뭐가 우습니?"

　"그래, 우습다. 정말 너 방귀 여덟 번 뀌었니?"

-권정생 선생님의 《랑랑별 때때롱》(보리) 중에서

베껴라 베껴! 글쓰기왕

4

강아지 어미와 새끼

어미가 바뀌면 뜻이 변한다

캐나다의 심리학자인 스탠리 코렌은 어미 개와 새끼 개로 '사람의 말을 얼마나 알아들을 수 있을까?'라는 실험을 했어. 실험을 해 보니 어미 개가 똑똑하면 새끼 개도 똑똑하다는 걸 알았대. 역시 개들에게도 인간에게도 어미는 중요한가 봐. 참, 우리말을 배울 때도 어미가 중요한데, 우리말에서 어미란 뭘까?

어미란 무엇일까?

옛날에 임금님의 밥을 지을 때 썼던 쌀을 어미라고 했죠. 밥 잘 먹고 공부하란 뜻에서 어미가 중요하다는 거 아닌가요?

어머니의 낮춤말 아닐까요?

물고기 꼬리를 어미라고 하죠. 어미(魚尾)… 어미죽 참 맛있어요.

　참, 어쩌면 이렇게 정답과 아무 상관없는 말만 골라 할 수 있냐. 강아지 어미도 아니고, 아비 어미 할 때 어미도 아니고, 임금님 쌀도 아니고, 물고기 꼬리도 아니야. 어미(語尾)는 말씀 어자에 꼬리 미자를 써. '우리말의 끝 부분'을 말하는 거야. 어미는 여러 가지 모습으로 변하지.

　다양한 어미, 이게 우리말의 두 번째 특징이야. 어미가 바뀌면 뜻이 변하지. 그만큼 어미가 중요하다는 말이야. 다음을 큰 소리로 읽어 보자.

 "우리말은 어미가 중요하다."

영어와 비교해 어미가 다양한 우리말

우리말을 영어와 비교해 보자.

"I love you."는 우리말로 "나는 너를 사랑해."지. "나는 너를 사랑해."의 '해'를 바꿔 보자.

나는 너를 사랑해.

나는 너를 사랑했어.

나는 너를 사랑할 거야.

나는 너를 사랑하고 싶어.

나는 너를 사랑하지 않아.

나는 너를 사랑했었지.

나는 너를 사랑할까?

나는 너를 사랑하겠지?

나는 너를 사랑했을까?

'나는 너를 사랑-' 뒤에 붙는 말이 참 많아. 어미가 다양하다는 말을 이 제 이해하겠지? 우리말에서는 어미가 중요하기 때문에 말의 앞, 중간, 끝 중에 끝이 특히 중요해. 끝에 뜻을 결정하는 말이 오는 거지. "나는 너를 사랑…해"와 "나는 너를 사랑…안 해(=하지 않아)."는 하늘과 땅 차이잖아.

영어는 어떨까? "나는 너를 사랑해."는 "I love you."지만, "나는 너를 사 랑 안 해."는 "I don't love you."야.

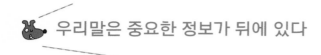

우리말은 중요한 정보가 뒤에 있다

끝까지 들어라.

만약 맹가가 수비니에게 영어로 "Do you love me?"(너 나 사랑해?)라고 물었다 치자. 수비니가 맹가를 싫어한다면, 맹가는 수비니 말을 끝까지 들어 보지 않아도 돼. "I don't…" 하는 순간, 맹가는 '수비니가 날 사랑하지 않는구나'라고 생각하고 울기 시작할 거야. 영어는 끝까지 들어 보지 않아도 되는 경우가 있어. 중요한 정보가 앞부분에 있기 때문이야.

하지만 우리말은 끝까지 들어야 돼. 중요한 정보가 뒤에 있기 때문이지. "너 나 사랑해?" 하고 물으면 "사실…나는…너…사랑…"이라고 말할 때까지 참고 기다려야 돼. 그 뒤에 "사랑…해." 또는 "사랑…하지 않아."라고 말할 테니까 말이야.

만약 가타 아빠가 이렇게 말한다면 어떨까? "네가 이번 시험을 잘 보면, 아빠가 자전거 한 대 사…" 그럼 가타는 김칫국부터 마시면서 좋아하겠지? 떡 줄 사람은 생각도 않는데. 하지만 아빠가 이렇게 말할지도 모르잖아. "네가 이번 시험을 잘 보면, 아빠가 자전거 한 대 사…줄지도 몰라."

'사 줄지도 모른다'는 말은 결국 사 줄 수도 있고, 사 주지 않을 수도 있다는 말이지. 그래서 우리 조상들은 이렇게 말했어. "조선말은 끝까지 들어야 한다."고.

문장이란 무엇일까?

마침표, 물음표, 느낌표로 나누어지는 글 토막을 문장이라고 해.

나는 오늘 걸어서 학교에 갔다. 학교 가는 길에 친구 우진이를 만났다. 우진이는 왜 혼자 가고 있을까? 늘 누나랑 학교에 다녔는데, 맞다! 누나가 아프다고 했지. 우진이는 어제 나와 재미있게 놀았다면서 다음 주 일요일에 또 놀자고 했다.

이 글 안에서 마침표가 다섯 개, 물음표가 하나, 느낌표가 하나 있어. 마침표는 '학교에 갔다', '우진이를 만났다', '다녔는데', '아프다고 했지', '놀자고 했다' 다음에 있고, 물음표는 '가고 있을까' 다음, 느낌표는 '맞다' 다음에 있어.

(1) 나는 오늘 걸어서 학교에 갔다. (2) 학교 가는 길에 친구 우진이를 만났다. (3) 우진이는 왜 혼자 가고 있을까? (4) 늘 누나랑 학교에 다녔는데. (5) 맞다! (6) 누나가 아프다고 했지. (7) 우진이는 어제 나와 재미있게 놀았다면서 다음 주 일요일에 또 놀자고 했다.

그러니까 모두 일곱 개의 문장이 있는 거지.

하루는 이솝이 길을 가는 도중에 재판관을 만났다.

재판관은 이솝에게 어디로 가느냐고 물었다.

이솝은 "나도 내가 어디로 가는지 모르겠소."라고 말했다.

재판관은 귀족이었고, 이솝은 노예 신분이었다.

재판관은 이솝이 건방지다고 생각해서 그를 감옥에 가두라고 했다.

재판관 하인들이 이솝을 밧줄로 묶은 뒤, 그를 감옥으로 끌고 갔다.

이솝은 끌려가면서 말했다.

"제 대답이 틀렸나요? 아까 질문을 들었을 때 제가 감옥으로 가게 될지 어찌 알았겠습니까?"

맞는 말이었다. 재판관은 이솝을 풀어 주었다.

너 혹시 시치미 떼 본 적 있니? 동생이 숨겨 놓은 과자를 찾아 먹고는 "누가 내 과자 먹었어?" 하고 동생이 물었을 때 모른 척한 일이 있을 걸. 이처럼 하고도 안 한 척, 알고도 모르는 척하는 걸 '시치미 뗀다'고 하지.

'시치미 떼다'란 말이 어떻게 만들어졌는지 알려면 멀리 고려 시대까지 거슬러 올라가야 해. 13세기 중반 무렵 고려는 몽골 제국의 영향을 많이 받고 있었어. 이때 우린 몽골의 문화도 많이 받아들였는데 그 가운데 하나가 바로 매사냥이었지. 매사냥은 길들인 매를 이용해서 짐승들을 사냥하는 것을 말해. 매를 구해서 사냥매로 길들이는 일은 무척 힘들었어. 따

(뒤쪽에 계속)

라서 매사냥은 왕족과 신분이 높은 귀족들만 즐길 수 있었지.

그런데 매사냥이 인기가 치솟다 보니 사냥매가 사라지는 일이 종종 일어났어. 훌륭한 사냥매는 아주 비싼 값에 거래되었으니 누군가 훔쳐 갔을 가능성이 높지. 귀족들은 자기 매를 훔쳐 가지 못하게 이름표를 달았단다. 이 이름표가 바로 '시치미'야. 매를 훔쳐서 시치미를 떼어 버리면 누구 매인지 알 수 없잖아. 바로 여기에서 '시치미를 떼다'라는 말이 나왔어.

시치미를 떼는 건 결국 자기를 속이는 일이야. 마음이 편해지려면 다시 시치미를 붙여서 주인에게 돌려주는 수밖에 없어. 자, 그러니

(뒤쪽에 계속)

너도 이제 동생에게 그 과자를 네가 먹었다고

고백하는 게 어때?

－이어령 선생님의《너 정말 우리말 아니?》(푸른숲주니어) 중에서

베껴라 베껴! 글쓰기왕

5

살 빼기보다 쉬운 말 빼기

생략해도 알아듣는 이심전심 우리말

"아침이면 일찍 일어나서 학교에 간다. 학교 생활을 끝마치면 학원에서 시간을 보낸다. 피아노 치고, 국어, 수학, 사회, 과학, 영어까지 모두 학원에서 시간을 보내며 배운다. 나의 피곤한 생활은 학교, 학원만이 아니다." 이 글을 잘 보면 주어 '나'는 마지막 문장에 딱 한 번 나와. 모든 문장에 주어가 있지 않아도 글을 읽는데는 불편함이 없는 걸 알겠지?

주어는 생략해도 괜찮아

다음 글은 나래가 자신의 하루에 대해 쓴 거야. 원래 주어가 없었는데 문장마다 모두 주어를 넣어 보았어.

(나는) 아침이면 일찍 일어나서 충분히 수면을 취하지 못한 채 학교에 온다. 학교에 오면 (나는) 국어사전을 이용하여 낱말의 뜻을 찾는다. 이렇게 바쁘고 피곤한 생활이 아침부터 시작된다. (나는) 가끔은 정신을 차리지 못한 채 반쯤 넋을 놓고 시간을 보내기도 한다. 학교를 마치면 학원에서 시간을 보낸다. (나는) 피아노 치고, 국어, 수학, 사회, 과학, 영어까지 모두 학원에서 시간을 보내며 배운다. -강나래

위의 글에서 (나는)을 다 빼도 괜찮아. 누구나 알아들을 수 있어. 우리말의 특징인 '생략' 때문이지. 그나저나 나래는 정말 피곤하겠다. 뭐? 여러분

우리도 피곤하다고요‼

도 마찬가지라고?

주어를 꼭 쓰지 않아도 말하고 듣는 사람은 서로서로 통하게 되어 있어. 주어를 빼고 말해도 다 알아듣기 때문에, 생략하는 경우가 많다는 이야기야. 이게 우리말의 세 번째 특징이지. 큰 소리로 읽어 봐.

 "우리말은 생략이 많다!"

생략한 말을 생각하면서 글을 써야 한다

영어로 "I love you."를 우리말로는 "나는 너를 사랑해."라고 한다. 맞을까?

그래, 세 사람 모두 맞아. 우리나라 사람들은 보통 말할 때 '나는 너를 사랑해' 또는 '나는 너를 좋아해'라고 말하진 않아. 그냥 '사랑해', '네가 좋아' 이런 식으로 말하지.

하지만 영어로 'love'라고 말하면 영어를 쓰는 사람들은 의아한 표정을 지을 겁니다. "Love what?"(사랑이 뭐 어쨌다는 거야?)이라고 물으면서 말이죠.

아, 고마워요. 홈즈 씨. 오랜만에 나오셨네요.

다음을 비교해 보자.

(1) Are you busy today? 오늘 바빠?

(2) What are you doing now? 지금 뭐 해?

(3) I'm really hungry. 배고파 죽겠다.

(4) Can you see the sky? 하늘 보여?

(5) Thank you for coming here. 와 주셔서 고마워요.

위 영어 문장을 봐. 영어 문장에서 (1) you, (2) you, (3) I'm, (4) you, (5) you를 빼면 말이 안 돼. 만약 누군가 'Are busy today?'라고 말한다면, 이 말을 알아들을 사람은 미국 사람, 영국 사람, 호주 사람 중에 한 사람도 없어.

참, 홈즈는 탐정이니까 알아들을 수도 있어. 그럼 다시, "Are busy today?"를 정확히 알아들을 사람은 백 명도 안 돼. 음…… 아무리 양보해도 천 명은 안 넘어! 영어를 쓸 때는 주어(主語)를 빼면 안 돼. You, I, He 같은 말이 다 주어지. 말 그대로 주인이 되는 말이야.

그런데 우리말은 "너는 오늘 바빠?"라고 하지 않고 그냥 "오늘 바빠?"라고 해도 돼. 그래도 다 알아 듣지. 우리말은 이심전심(以心傳心)이 기본인 말이라고. 주어를 빼도 돼.

내가 만약 "기분 좋다."라고 말하면 누가 기분 좋은 거야? 내가 기분 좋은 거지? 맹가가 "힘들어요."라고 나에게 말한다면? 맹가가 힘든 거지? 수비니가 맹가를 보면서 "사랑해."라고 말하는데, 그걸 가타가 봤어. 가타가 속으로 '와, 수비니는 나를 사랑해'라고 생각할까? 만약 그렇게 생각한다면 가타는 착각이 너무 심한 거야.

이튿날 아침, 보선이가 새로 꺾어 온 꽃을 선생님과 아이들이 식물도감에서 찾다가 그게 '개불알꽃'임을 알고는 교실이 떠나가도록 웃었습니다. 이름을 알고 보니 꽃 모양도 그럴듯하다는 것이었습니다. 아이들은 너도나도 보선이에게 그 꽃을 꺾어다 달라고 부탁을 하였습니다.

　　집에 가지고 가서 식구들에게도 이름을 가르쳐주고 싶다는 것이었습니다. 그때, 옆반 반장인 희대가 심부름을 왔다가 그를 본 여자아이들이 갑자기 웃어 대는 바람에 얼굴이 빨개져 서 있었습니다. 5학년 때 개구멍으로 빠져나가다 들킨 적이 있는 희대의 별명이 '똥개'였던 것입니다. -임길택 선생님의 《들꽃 아이》(길벗어린이) 중에서

본래 가재는 눈이 없었답니다.

어느 날 가재와 지렁이가 놀다가 지렁이가 가재에게 눈 자랑을 했습니다. 가재는 지렁이에게 그러면 나도 눈을 한번 달아 보자고 졸랐습니다. 지렁이는 그러면 한 번만 달아 보고 얼른 돌려 달라고 눈을 빼 주었답니다. 가재가 눈을 달아 보니 우아! 세상이 너무 신기하고 볼 것들이 많은 거예요. 지렁이 눈을 단 가재는 너무 좋아서 뒷걸음질로 슬슬 기어 바위 구멍 속으로 들어갔답니다.

지렁이는 가재야, 가재야 어디 있니? 내 눈 줘. 가재야, 내 눈 빨리 돌려 줘. 그러나 가재는 뒷걸음질로 바위 속 땅을 파며 자꾸 깊이

(뒤쪽에 계속)

들어갔답니다. 가재 눈이 툭 튀어나온 이유는 얼른 눈을 박아 넣으라고 그런 것이고요. 그리고 가재는 지금도 자꾸 뒷걸음질을 하며 땅을 파고 바위 속으로 들어간답니다. 지렁이는 억울하고, 애달프고, 서러워서 땅을 파고 돌아다니며 애둘애둘 애두루루 애두루루 애두루루 애두루루 운답니다.

–김용택 선생님의 시 <지렁이 눈>

'고고고 며며며'는 나쁜 나라

읽기 쉽게 잘라 쓰기

맹가가 수비니에게 무척 잘 보이고 싶은가 봐. 달리기를 잘하는 것도 말하고 싶고, 축구를 잘하는 것도 말하고 싶어 해. 그리고 좀 전에 야구하면서 홈런 친 것도 말하고 싶은데, 수비니는 다 듣기도 전에 숨이 넘어가게 생겼어. 말할 때도 그렇지만 글을 쓸 때도 읽는 사람이 숨 쉴 틈은 줘야지.

 긴 글은 다쩜을 넣어서 잘라 쓴다

다음 글을 읽어 보자.

> 나의 장점은 자랑은 아니지만 공부는 조금 잘하고 운동은 육상에서 춘천 대표로 나가서 3등을 하였고 동부초등학교에서 축구하려고 왔고 가산초등학교에서 육상을 하자고 왔고 소양초등학교에서는 야구를 하다가 왔다.
>
> —이재혁

위의 글을 중간에 숨을 쉬지 않고 읽어 봐. 끝까지 읽지 못하겠지? 선생님은 '가산초등학교'까지 읽고 숨을 쉬어야 했어. 맹가는 '육상에서'에서, 수비니는 '춘천 대표로'에서, 가타는 '동부초등학교'에서 켁켁거리는구나. 자, 이 실험이 뜻하는 바는?

위의 글은 너무 길어. 한 문장은 한 번 호흡하는 길이 안에서 써야 해. 크게 소리 내서 읽어 봐.

 "한 문장은 한 번 호흡하는 길이 안에서 쓴다!"

글은 말과 비슷한 거거든. 우리가 말할 때를 생각해 봐.

"나의장점은자랑은아니지만공부는조금잘하고운동은육상에서춘천대표로나가서3등을하였고동부초등학교에서축구하려고왔고가산초등학교에서육상을하자고왔고소양초등학교에서는야구를하다가왔다. 나불나불나불나불……."

이렇게 따발총처럼 쉬지 않고 말하는 사람이 있을까?

물론 개그맨 중에는 "유상무상무가 상모돌리기하다가 김상무친구이상무를만나서 이상무를외치면서 김상무를불러 세상무가놀았다고?" 하면서 빨리 말하는 사람이 있지. 그건 웃기려고 하는 말이고.

우리는 보통, 한 번 말하고 숨 한 번 쉬고, 또 말하고 숨 한 번 쉬곤 하지. 글을 쓸 때도, 숨 쉴 틈을 주어야 해. 한 문장을 너무 길게 쓰면, 읽는 사람이 지쳐 버려. 한 문장은 두세 줄 안에 끝내는 것이 좋아.

위의 글은 '잘하고 / ‒하였고 / ‒왔고 / ‒왔고'로 계속 연결돼. 이건 좋지 않아. '고고고'는 나쁜 나라야. 따라 해 봐.

 "고고고는 나쁜 나라다."

또 '그랬으며 / 저랬으며 / ‒했으며 / ‒갔으며'로 연결되는 것도 좋지 않아. 따라서 "며며며도 나쁜 나라다."라는 등식이 성립해.

그러면 어떤 게 좋은 나라일까? '다쩜 다쩜 다쩜'이 좋은 나라야. 바로 '‒다.'(다쩜)을 말하는 거지. 긴 문장을 '‒다.'을 넣어서 잘라 주면 훨씬 부드럽고 자연스러운 글이 돼.

재혁이의 글을 좋은 나라 식으로 바꿔 보면 다음과 같아.

나의 장점은, 자랑은 아니지만, 공부를 조금 잘한다는 것이다. 운동도 잘한다. 육상 춘천 대표로 나가서 3등을 했다. 동부초등학교에서 축구하다 왔고 가산초등학교에서 육상을 하다 왔다. 소양초등학교에서는 야구를 하다 왔다.

이렇게 고치면 보기도 좋고 읽기도 좋아. 모든 문장을 한 번 숨 쉴 길이 안에서 끝낼 수 있거든. 한 번 숨 쉴 길이는 대체로 글로 쓰면 두 줄 이내야. 그러므로 되도록 한 문장을 두 줄 이상 쓰지 않는 게 좋아.

그래서 그런데 그리고를 많이 쓰지 말자

다음 예문을 읽고 어색한 부분을 찾아보자.

나의 취미는 컴퓨터 게임, 캐치볼이며 특기는 애완동물 기르기이고 좋아하는 색은 검정, 흰색이고 좋아하는 음식은 돈까스, 불고기, 스테이크, 비빔밥이며 또 핫케이크, 닭고기, 햄버거도 좋아한다. 가끔 어머니가 치킨, 자장면, 피자를 시켜 주시는데 그것도 좋

아하고 집에서 라면, 회덮밥을 만들면 신나게 먹으며 게임을 하곤
한다.
　— 이완재

완재의 글을 보면 '–이며, –이고'가 많이 나오지. '고고고 며며며'는 나
쁜 나라! 대신 좋은 나라 '다쩜 다쩜 다쩜(=다.다.다.)'을 넣어서 고쳐 보
자.

올바르게
고친 글

　　내 취미는 컴퓨터 게임, 캐치볼이다. 특기는 애완동물 기르기이
고 좋아하는 색은 검정과 흰색이다. 좋아하는 음식은 돈가스, 불고
기, 스테이크, 비빔밥이다. 또 핫케이크, 닭고기, 햄버거도 좋아한
다. 가끔 어머니께서 치킨, 자장면, 피자를 시켜 주실 때도 있다. 집
에서 라면과 회덮밥을 만들어 신나게 먹으며 게임을 하곤 한다. 나
는 먹으면서 게임을 할 때 제일 좋다.

(원래의 글을 보면, '가끔 어머니가 치킨, 자장면, 피자를 시켜 주시는데'라
고 나와 있어. '어머니가'는 '어머니께서'로 고쳐야 해.)

다음 글을 알맞게 잘라서 오른쪽 페이지에 써 보자.

엄서방은 걱정이 많은 사람이었으므로 이상한 걱정을 많이 하였는데 하늘이 무너질까 땅이 꺼질까 번개를 맞아 죽지 않을까 매일 걱정을 하였기에 하루는 종로에 나가서 사람을 구해 하루 열 냥을 주고 걱정을 대신하게 하였기 때문에 사람들은 이상하게 생각했지만 엄서방은 낯빛 하나 변하지 않아 엄서방의 옆집에 사는 친구가 엄서방에게 "자네는 요즘 어떻게 사는가?" 물으니 엄서방은 "걱정 없이 산다네." 대답하기로 친구는 "어찌 걱정이 없는가?" 하니 엄서방이 "하루 열 냥을 주고 걱정 대신할 사람을 구했네." 하니 친구가 "하루 열 냥 씩이나! 그렇게 많은 돈을 어디서 구하게?" 하니 엄서방은 "그야 내 알 바 아니지. 걱정 대신하는 사람이 걱정할 일 아닌가?" 하더라.

으아잉 저렇게 긴 글이 한 문장이야.

캬캬 나는 시험 대신 봐줄 사람을 구해야지.

다쩜다쩜다쩜을 써서 빨리 잘라 주자.

잘 잘라서 썼는지, 앞에서 자신이 쓴 글과 아래 글을 한번 비교해 보자.

올바르게
고친 글

엄서방은 걱정이 많은 사람이었다. 그는 이상한 걱정을 많이 했다. 하늘이 무너질까 땅이 꺼질까 번개를 맞아 죽지 않을까 매일 걱정을 했다. 하루는 종로에 나가서 사람을 구해 하루 열 냥을 주고 걱정을 대신하게 했다. 사람들은 이상하게 생각했지만 엄서방은 낯빛 하나 변하지 않았다.

엄서방의 옆집에 사는 친구가 엄서방에게 물었다.

"자네는 요즘 어떻게 사는가?"

"걱정 없이 산다네."

"어찌 걱정이 없는가?"

"하루 열 냥을 주고 걱정 대신할 사람을 구했네."

"하루 열 냥 씩이나! 그렇게 많은 돈을 어디서 구하게?"

"그야 내 알 바 아니지. 걱정 대신하는 사람이 걱정할 일 아닌가?"

어때? 훨씬 읽기 편하지? 그리고 한 가지 더! 아래 글을 읽어 보자.

엄서방의 옆집에 사는 친구가 엄서방에게 물었다.
"자네는 요즘 어떻게 사는가?"

엄서방이 대답했다.

"걱정 없이 산다네."

친구가 물었다.

"어찌 걱정이 없는가?"

엄서방이 대답했다.

"하루 열 냥을 주고 걱정 대신할 사람을 구했네."

이렇게 매번 '-가 물었다', '-가 대답했다'를 쓰지 않아도 돼. 왜?
우리 말은 ○○이 많다니까! ○○에 들어갈 말은? 생략!

나는 축구를 좋아한다. 쉬는 시간만 되면 운동장에 나가 축구를 한다. 6개월에 한 켤레씩 축구화를 사야 할 정도다. 축구공은 4개나 있다. 아이들은 나에게 공격을 맡긴다.

　　내가 좋아하는 축구 선수는 박지성이다. 박지성이 나오는 경기를 자주 못 봐서 안타깝다.

　　요즘 새로운 취미가 생겼다. 윤승운 선생님의 맹꽁이 서당을 보고 나서 만화를 그리게 됐다. 정말 시간 가는 줄 모르고 만화를 그린다.

　　어른이 되어 축구도 하고, 만화도 그릴 수는 없을까? 아! 축구 만화를 그리면 되겠다. 나의 꿈은 정해졌다. 축구 만화가가 되는 것이다.

추워서 코가 새빨간 아이가 아장아장 전차 정류장으로 걸어 나왔습니다. 그리고 낑 하고 안전지대에 올라섰습니다.

곧 전차가 왔습니다. 아이는 갸웃하고 차장에게 물었습니다.

"우리 엄마 안 와요?"

"내가 너희 엄마를 어떻게 아니?"

차장은 '땡땡' 하면서 지나갔습니다.

또 전차가 왔습니다. 아이는 갸웃하고 차장에게 물었습니다.

"우리 엄마 안 와요?"

"내가 너희 엄마를 어떻게 아니?"

이 차장도 '땡땡' 하면서 지나갔습니다.

(뒤쪽에 계속)

그 다음 전차가 왔습니다. 아이는 갸웃하고 차장에게 물었습니다.

"우리 엄마 안 와요?"

"오! 엄마를 기다리는 아이구나."

이번 차장은 내려와서 "다칠라. 너희 엄마 오시도록 한 군데에 가만히 서 있어라. 응?" 하고 갔습니다.

아이는 바람이 불어도 꼼짝하지 않습니다. 전차가 와도 다시 묻지 않습니다. 코만 새빨개져서 가만히 서 있습니다.

－이태준 선생님의 《엄마 마중》(소년한길) 중에서

＊1930년대에 써진 글이라 지금하고는 많이 다르지? 요즘엔 전차도 없고, 아이 혼자 정류장에서 엄마를 기다리지도 않지.

그래서 그런데 그리고…

접속사 아껴 쓰기

페센든 교수는 1906년 크리스마스이브 밤에 자신이 개발한 마이크와 발전기를 사용하고 싶어했어. 그래서 바이올린을 연주하고 노래를 불렀지. 그리고 무선 전신원들은 이어폰에서 흘러나오는 소리를 듣고 기절할 뻔했어. 그때까지 뱃사람들은 '띠띠또또' 하는 모스 부호만 들을 수 있었거든. 그래서 영어를 모르는 선원들은 페센든의 목소리를 귀신 소리로 착각했어. 그래서 어떤 선원은 하늘에 대고 기도했대.

"제발…… 그래서, 그런데, 그리고를 빼 주세요." 이어주는 말은 꼭 필요한 부분에만 쓰자는 이야기야.

이어주는 말을 넣어서 글쓰기

다음 예문을 읽고 어색한 부분을 찾아보자.

내 친구

저는 얼마 전에 희대와 말다툼을 했습니다. 희대가 나보고 소리를 질렀습니다. 그래서 학교 끝난 다음 희대한테 꿀밤을 때렸습니다. 그런데 희대가 컴퓨터실로 갔습니다. 그래서 저는 짜증이 났습니다. 그래서 희대한테 일루 와 봐라고 했습니다. 그런데 희대가 그냥 컴퓨터를 계속했습니다. 그래서 저는 더 화가 났습니다. 그리고 달려가서 꿀밤을 10대 때리고 싶었습니다. 이제는 그 추억을 생각하기 싫습니다. 어쨌든 저는 희대와 친구들이 좋습니다.

-어경덕

위의 글은 충북 가덕초등학교 5학년 경덕이가 쓴 거야. 이 글을 보면, '그래서'가 네 번, '그런데'가 두 번, '그리고'가 한 번 나와.

만약에 '그래서', '그런데', '그리고'를 다 빼고 쓴다면 어떻게 될까?

저는 얼마 전에 희대와 말다툼을 했습니다. 희대가 나보고 소리를 질렀습니다. 학교 끝난 다음 희대한테 꿀밤을 때렸습니다. 희대가 컴퓨터실로 갔습니다. 저는 짜증이 났습니다. 희대한테 일루 와 봐라고 했습니다. 희대가 그냥 컴퓨터를 계속했습니다. 저는 더 화가 났습니다. 달려가서 꿀밤을 10대 때리고 싶었습니다. 이제는 그 추억을 생각하기 싫습니다. 어쨌든 저는 희대와 친구들이 좋습니다.

이어주는 말을 하나도 쓰지 않으니까 자연스럽지 않지? 그렇지만 이어주는 말을 너무 많이 써서도 안 돼. 만약 앞의 글에 한 군데만 '그래서'를 넣어야 한다면 어디가 좋을까?

'학교 끝난 다음' 앞에는 그래서가 들어가야 할 것 같은데요? '저는 얼마 전에 희대와 말다툼을 했습니다. 희대가 나보고 소리를 질렀습니다. 그래서 학교 끝난 다음 희대한테 꿀밤을 때렸습니다.'라고.

저는 '희대한테 일루 와 봐라고 했습니다. 그런데 희대가 그냥 컴퓨터를 계속했습니다.'의 그런데는 빼면 이상할 것 같아요.

이 문장은 이렇게 고칠 수도 있지 않나요? '저는 얼마 전에 희대와 말다툼을 했습니다. 희대가 나보고 소리를 질러서 학교 끝난 다음 희대한테 꿀밤을 때렸습니다.'라고.

좋아, 그런데 가타가 말한 부분은 이렇게 쓸 수도 있겠지.

"희대한테 일루 와 봐라고 했지만 희대는 그냥 컴퓨터를 계속했습니다."

'그런데' '그리고' '그래서' 같은 말은 문장과 문장을 이어주는 말이야. 이런 말은 꼭 필요할 때만 써야 돼. 문장이 시작될 때마다 '그런데' '그리고' '그래서'를 쓰면, 읽는 사람이 불편하다고. 자, 그럼 앞 문장 전체를 자연스럽게 다시 쓴 글을 보자.

올바르게
고친 글

저는 얼마 전에 희대와 말다툼을 했습니다. 희대가 나보고 소리를 질러서 학교 끝난 다음 희대한테 꿀밤을 때렸습니다. 그랬더니 희대가 컴퓨터실로 갔습니다. 저는 짜증이 났습니다. 희대한테 "이리 와 봐."라고 했지만 희대는 그냥 컴퓨터를 계속했습니다. 저는 더 화가 났습니다. 달려가서 꿀밤을 10대 때리고 싶었습니다. 이제는 그 추억을 생각하기 싫습니다. 어쨌든 저는 희대와 친구들이 좋습니다.

 이어주는 말은 꼭 필요한 곳에만 쓰자

다음 글을 읽어 보자.

세계 최초로 음악과 목소리를 무선으로 보낸 사람은 미국 피츠버그 대학교 레지날드 페센든 교수다. 그런데 페센든 교수는 1906년 크리스마스 이브 밤에 자신이 개발한 마이크와 발전기를 사용하고 싶어 했다. 그래서 바이올린을 연주하고 노래를 불렀다. 그리고 이 날 대서양을 항해하고 있던 선박의 무선 전신원들은 이어폰에서 흘러나오는 사람의 목소리와 음악을 듣고 기절할 뻔했다. 그때까지 뱃사람들은 이어폰에서 '띠띠 또또' 하는 모스 부호만 들을 수 있었다. 그래서 영어를 모르는 선원들은 페센든 교수의 목소리를 귀신 소리로 착각했다. 그래서 두려움에 떨어야 했다.

'그래서, 그런데, 그리고'를 꼭 필요한 부분에만 넣어볼까?

세계 최초로 음악과 목소리를 무선으로 보낸 사람은 미국 피츠버그 대학교 레지날드 페센든 교수다. 페센든 교수는 1906년 크리스마스 이브 밤에 자신이 개발한 마이크와 발전기를 사용하고 싶어 했다. 그래서 바이올린을 연주하고 노래를 불렀다. 이 날 대서양을 항해하고 있던 선박의 무선 전신원들은 이어폰에서 흘러나오는 사람의 목소리와 음악을 듣고 기절할 뻔했다. 그때까지 뱃사람들은 이어폰에서 '띠띠 또또' 하는 모스 부호만 들을 수 있었다. 영어를 모르는 선원들은 페센든교수의 목소리를 귀신 소리로 착각했다. 두려움에 떨어야 했다.

역시 읽기가 훨씬 편하지?

난나는 지난 번 산 속에서 우연히 만난 노인과 함께 갔던 할아버지 산소 앞에서 주운 돌멩이를 꺼내 들었습니다. 할아버지의 할아버지적 일까지도 모르는 것 없이 다 알고 있다는 돌멩이.

방바닥에 누운 난나는 돌멩이를 심장 위에다 가만히 올려놓았습니다. 난나의 가슴 위로 올라간 돌멩이는 마치 살아 있는 것처럼 숨을 쉬었습니다.

"난나야, 어디가 아프니?"

"응, 가슴이 많이 답답해."

"왜 그래, 힘을 내."

"자꾸만 걱정이 돼."

(뒤쪽에 계속)

"뭐가?"

"그냥 앞으로 일이 걱정 돼."

"난나야, 힘을 내. 너한테는 총이나 칼보다도 더 무서운 무기가 있어."

"그게 무언데?"

"미래라는 거야. 앞으로의 일들 말이야."

"그럴까?"

"네 미래는 정말 아름다울 거야. 네 미래는 어른들이 만들어 주는 게 아냐. 네 힘으로, 네 손으로 만드는 거야."

"정말 내 힘으로 만들 수 있을까?"

"그럼."

그때 누군가 난나를 흔들어 깨우는 것이었

(뒤쪽에 계속)

습니다. 난나는 실눈을 뜨고 위를 쳐다보았습니다. 할머니가 돌아와 있었습니다.

　"무슨 잠꼬대를 그렇게 하니. 미래가 어쨌다고?"

-정채봉 선생님의 《어린이를 위한 초승달과 밤배》(파랑새어린이) 중에서

춤을 추자, 춤을 춰!

2천 5백 년 전에 공자는 '누구든 13세부터 20세까지는 춤을 배워야 한다'고 말했다. 고대 로마의 에트루리아 인들은 '춤은 천국의 활동'이라고 믿었다. 소크라테스는 인간이 정신적으로 완전해지기 위해선 '춤을 열심히 춰야 한다'고 했고, 플라톤은 '춤을 모르는 사람은 미래 사회에서 따돌림을 당하게 될 것이다'라고 했다. 그럼 아리스토텔레스는 뭐라고 했을까? 아리스토텔레스는 소크라테스와 플라톤의 제자였다. 그래서 '스승님들 말은 무조건 옳다'고 했단다.

미국 초대 대통령 조지 워싱턴(1732~1799

(뒤쪽에 계속)

년)은 춤이 장교들의 신체 단련에 매우 중요하다고 생각했다. 미국 독립 전쟁 시절에 그는, 군인들의 휴식 시간에 의무적으로 춤 강습을 하게 했다. 워싱턴은 춤추는 것도 무척 좋아했다. 한 파티에서는 그린 장군의 부인과 쉬지 않고 세 시간 동안 춤을 췄다고 해서 구설수에 오르기도 했다.

미국의 2대 대통령인 존 애덤스(1735~ 1826년)는 하버드 법대에 다닐 때, 거의 매일 오후에 춤을 추러 다니느라고 시간을 다 보냈다. 그럼에도 대학을 졸업하고 스물세 살에 변호사가 됐고 나중에 대통령까지 했다.

3대 대통령인 토머스 제퍼슨(1743~1826년)

(뒤쪽에 계속)

은 딸을 위해 매일 아침 세 시간씩 춤 교습을
할 정도로 열성적인 춤 애호가였다. 미국 초기
대통령들은 춤을 스포츠라고 생각했다.

시간만 아끼지 말고 글도 아껴라

꼭 필요한 말만 쓰기

시간 도둑의 일기

'아껴야 돼. 아껴야 돼, 아껴야 돼. 아, 벌써 5초가 지났어. 아니, 벌써 10초나 지났어. 이럼 안 돼. 이러다 1분이 되면? 그러니까 1분은 60초인 거지! 그건 너무해, 너무해, 너무해! 왜 자꾸 말을 세 번씩 하는 거야? 이러다 2분, 그러니까 60초의 두 배, 즉 120초가 지난다고! 아악! 하루에 2분씩만 아끼면 우리 일생 90년 동안 90년×365일×120초=3,942,000초! 즉 65,700분! 즉 1,095시간! 즉 45.6일! 즉 한 달 반이나 더 살 수 있다고! 꽥!' (계산 결과에 놀라 사망함.)

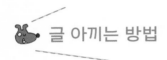 글 아끼는 방법

글을 아끼는 방법을 알아보기 전에 먼저 다음 글을 읽어 보자.

나는 사람이다. 나는 대한민국 사람이다. 나는 초등학교에 다닌다. 나는 북촌에 산다. 내 생일은 2월이다. 내 나이는 열한 살이다. 나는 4학년이다. 나는 형이 있다. 나는 동생이다. 나는 남자다. 나는 화북에서 태어났다. 나는 병원에서 태어났다. 나는 만화책을 좋아한다. 나는 컴퓨터 게임을 좋아한다. 나는 아파트에 산다. 나는 인간이다.

-김인석

이 글은 거의 다 '나는'으로 시작해. 그리고 '나는 사람이다'로 시작해서 '나는 인간이다'로 끝나. 이 두 문장은 빼도 돼. 알지? 사람만 글을 쓴다는 거. 앞에서 말했지. 또 어떤 문장을 고치면 좋을까?

'나는 초등학교에 다닌다. 나는 4학년이다'는 '나는 초등학교 4학년이다'로 고쳐도 되겠지요.

'나는 화북에서 태어났다. 나는 병원에서 태어났다'도 '나는 화북의 한 병원에서 태어났다'라고 쓰면 더 좋을 거 같죠?

'나는 형이 있다. 나는 동생이다' 중에선 '나는 형이 있다'만 써도 되고요.

베껴라 베껴! 글쓰기왕

탁월한 지적. 오, 훌륭해. 이 글을 여러분이 지적한 부분을 고쳐서 다시 써 보자.

　　나는 대한민국 사람이다. 나는 초등학교 4학년이다. 나는 북촌에 산다. 내 생일은 2월이고 나이는 열한 살이다. 나는 형이 있다. 나는 화북의 한 병원에서 태어났다. 나는 만화책과 컴퓨터 게임을 좋아한다. 나는 지금은 아파트에 산다.

　　자, 이렇게 고쳤지만 글이 너무 딱딱하지 않아? 한 번 소리 내서 위 글을 읽어 보라고. '나는' '나는' '나는' 하고 반복되는 것이 마치 로봇이 자동 음성 시스템으로 말하는 것 같잖아. 글의 순서를 바꾸고, 조금 더 부드럽게 고쳐 보자.

> 올바르게
> 고친 글
>
> 　　나는 화북의 한 병원에서 2월에 태어났다. 올해 열한 살이다. 북촌 초등학교 4학년이고 만화책 보기와 컴퓨터 게임을 좋아한다. 나에겐 형이 있다. 우리 식구는 아파트에 살고 있다.

　　글은 한 번 쓰고 마는 것이 아니야. 고쳐야 하는 것이지. 반복되는 부분을 빼고, 앞 뒤 글의 순서를 바꾸면 훨씬 자연스러운 글이 되는 거야. 돈이나 시간을 아껴야 하는 것처럼, 글도 아껴 써야 잘 살게 된단다.

"논술 잘하려면 신문 읽어라."

떠드는 신문 목소리에

마음 흔들린 엄마,

영어 단어 외워라

수학 문제 풀어라

밀린 숙제해라

할 일에 꽉 눌려

납작 콩 될 거 같은데

신문까지 읽으래.

한숨 쉬다

글씨 창고 뒤적뒤적

확 띄는 기사 하나

(뒤쪽에 계속)

"잔인한 게임하면, 공부 못 한다."

어쩌지? 엄마가 보면,

게임 못 하게 할 텐데….

싹둑 오려내

쓰레기통에 던져 넣고 나니

웃음이 나온다.

속이 다 시원하다.

–정진아 선생님의 시 <신문을 읽다가>

사람들은 텔레비전을 탁자나 조명기구로 사용하기보다는 훌륭한 오락의 수단으로, 그리고 세상의 수많은 정보를 얻는 도구로 이용한다.

텔레비전이 발명된 이래로 사람들의 텔레비전에 대한 믿음은 커져 갔다.

1980년대 말, 미국 애리조나 주 피닉스에서 에드워드 디트리히 박사가 버나드 슐러 씨의 가슴 부분 피하지방 제거 수술을 했다. 이 수술 장면이 미국 전체에 텔레비전으로 방영되었다. 수술은 성공적이었다. 수술 촬영엔 미국의 50여 개 텔레비전 방송국과 영국의 BBC가 참여했다. 슐러 씨가 수술에 들어가기 전에 한

(뒤쪽에 계속)

기자는 이렇게 물었다.

"수술 받는 것에 대해 두렵지는 않습니까?"

슐러 씨는 느긋하게 미소를 지으며 말했다.

"텔레비전으로 전국에 생방송 중인데 의사가 설마 나를 죽이기야 하겠어?"

성질 급한 이가 배로 강을 건너고 있었다. 갑자기 뭔가가 배 뒤에 쿵! 하고 부딪혔다. 그는 몸이 기우뚱 하며 물에 빠질 뻔했다. "도대체 뭐야?" 하고 돌아보니 어디선가 빈 배가 떠내려 와 그의 배에 부딪힌 것이었다. 그는 곧 조용해져서 다시 자리에 앉아 노를 저었다.

얼마를 가다 보니 또 다른 배가 와서 부딪혔다. 그 배에는 사람이 타고 있었다. 성질 급한 이는 상대를 보고 비켜 가라고 소리쳤다. 한 번 소리쳐서 듣지 않자 두 번 소리쳤고, 두 번 소리쳐 듣지 않자 이번에는 온갖 욕을 섞어 가며 화를 냈다.

처음에는 화를 내지 않았는데 나중에는 화

(뒤쪽에 계속)

를 내는 까닭은 무엇인가? 앞의 배에는 사람이 없었고 뒤의 배에는 사람이 타고 있었기 때문이다.

　사람이 모두 자기를 비우고 인생의 강을 흘러간다면 누가 그를 해칠 수 있겠는가? 마음을 비우고 욕심을 버리고 가벼워진다면 누구도 그대를 해칠 수 없다.

－명로진 선생님의 《장자가 묻는다, 누구냐 넌?》(상상비행) 중에서

게임은 게임을 좋아한다?

주어와 서술어 어울리게 만들기

다음 중 자연스러운 문장이 아닌 것은?

(1) 나는 학생이다.

(2) 나는 학교에 간다.

(3) 나는 학교에 갔다가 오후에 집에 돌아온다.

(4) 나는 학교에 갔다가 학생이다.

(5) 우리 학교에 다니는 학생은 학생이다.

답을 잘 모르겠다고? 한 번 소리 내서 읽어 봐. 그럼 어색하게 들리는 게 있을 테니까.

답은 바로 4번과 5번.

문장이 아닌 문장?

문장 제대로 만들기에 대해 알아보자.

　　내가 좋아하는 게임은 수퍼 마리오, 애완견 기르기, 피파 온라인 게임을 좋아합니다.
　　내가 좋아하는 음식은 피자, 햄버거, 떡볶이를 좋아합니다.
　　내가 좋아하는 가수는 EXO, 소녀시대, 아이유 같은 가수를 좋아한다.

　　위와 같은 문장을 비문이라고 한다. 非文, 아닐 비, 글월 문. 다시 말해서 문장이 아니라는 거다. 내가 전국을 다니면서 초등학생들에게 글쓰기를 가르치고 있는데 이렇게 쓰는 친구들이 아주 많아. 이런 문장은 왜 문장이 아닐까? 문장은 주어와 서술어가 서로 어울려야 돼. 큰 소리로 외쳐봐.

 "주어와 서술어는 서로 어울려야 한다!"

　　서술어는 '주어는 무엇이다', '주어는 무엇을 한다'에서 '무엇이다', '무엇을 한다' 부분이야. '나는 학생이다'에서 '나는'이 주어, '학생이다'는 서술어야. '나는 학교에 간다'에서는 '나는'이 주어, '학교에 간다'가 서술어지.

우리말은 생략이 많다고 했지? 특히 우리말에선 주어가 생략되는 경우가 많아. '오늘은 바쁘다'란 말을 보자. 이 글은 '나는 오늘은 바쁘다'에서 주어인 '나는'이 빠진 거야.

만약 '오늘은 학생이다'라고 한다면 어색하지? '오늘은'이라는 주어와 '학생이다'라는 서술어가 서로 어울리지 않잖아. '오늘'이라는 이름을 가진 아이가 있다면 몰라도.

문장이 아무리 길어도 주어와 서술어는 서로 어울려야 해.

"나는 말도 많고 탈도 많은 동동초등학교 5학년 3반 꾸러기들이 모인 반에서 반장을 맡고 있으면서 나름대로 열심히 취미생활도 하고 있는 꿈 많은 학생이다."라는 글의 주어는 무엇일까? '나는'이야. 서술어는? 맨 뒤의 '학생이다'지. 어때? 서로 어울리지?

주어와 서술어를 어울리게 고친다

앞에서 내가 비문이라고 했던 글을 다시 보자.

내가 좋아하는 게임은 수퍼 마리오, 애완견 기르기, 피파 온라인 게임을 좋아합니다.

주어는 '게임은'이고, 서술어는 '게임을 좋아합니다'지. 다른 말 다 생략하고 주어와 서술어를 연결해 보자. '게임은~게임을 좋아합니다' 이게 말이 돼? 말이 안 되지? 그래서 글도 안 되는 거야.

내가 좋아하는 음식은 피자, 햄버거, 떡볶이를 좋아합니다.

이 문장에서 주어와 서술어는 '음식은'과 '떡볶이를 좋아합니다'야. 이것도 말이 안 되지. 음식이 살아 움직여? 떡볶이를 좋아하게?

내가 좋아하는 가수는 EXO, 소녀시대, 아이유를 좋아한다.

이때 주어와 서술어는 '가수는'과 'EXO, 소녀시대, 아이유를 좋아한다'야. 역시 어색하지? (물론 가수가 가수를 좋아할 수 있지. 아이유가 빅뱅의 대성이를 좋아할 수도 있는 거니깐. 크크)

아, 복잡해요. 그냥 "나는 게임을 싫어합니다."라고 쓰면 안 되나요?

"내가 좋아하는 게임은 수퍼 마리오, 애완견 기르기, 피파 온라인 게임입니다."로 고쳐야겠죠.

그냥 "나는 수퍼 마리오, 애완견 기르기, 피파 온라인 게임을 좋아합니다."라고 써도 되잖아요?

베껴라 베껴! 글쓰기왕

그럼 "내가 좋아하는 게임은 수퍼 마리오, 애완견 기르기, 피파 온라인 게임을 좋아합니다."를 어떻게 고치면 자연스러울까?

가타야! 네가 게임을 싫어한다고 하면 거짓말이잖아.

맹가와 수비니처럼 고치면 되겠지. 다음 문장도 맹가와 수비니가 한 것처럼 잘 고쳐 보자.

하긴···
게임 없이는
못 살죠···.

올바르게
고친 글

내가 좋아하는 음식은 피자, 햄버거, 떡볶이를 좋아합니다.
⇒ 내가 좋아하는 음식은 피자, 햄버거, 떡볶이입니다.
⇒ 나는 피자, 햄버거, 떡볶이를 좋아합니다.

내가 좋아하는 가수는 EXO, 소녀시대, 아이유 같은 가수를 좋아한다."
⇒ 내가 좋아하는 가수는 EXO, 소녀시대, 아이유이다.
⇒ 나는 EXO, 소녀시대, 아이유 같은 가수를 좋아한다.

잎싹은 난용종 암탉이다. 알을 얻기 위해 기르는 암탉이라는 말이다. 잎싹은 양계장에 들어온 뒤부터 알만 낳으며 일 년 넘게 살아왔다. 돌아다니거나 날개를 푸덕거릴 수 없고, 알도 품을 수 없는 철망 속에서 나가 본 일이 없었다. 그런데도 남몰래 소망을 가졌다. 마당에 사는 암탉이 앙증맞은 병아리를 까서 데리고 다니는 것을 본 뒤부터였다.

'단 한 번만이라도 알을 품을 수 있다면. 그래서 병아리의 탄생을 볼 수 있다면…….'

알을 품어서 병아리의 탄생을 보는 것. 잎싹은 이 소망을 한시도 잊은 적이 없었다. 하지만 알이 굴러 내려가도록 앞으로 기울어진데

(뒤쪽에 계속)

다 알과 암탉 사이가 가로막힌 철망 속에서는 어림없는 일이었다.

잎싹은 얼마 전부터 입맛을 잃었다. 알을 낳고 싶은 마음도 없어졌다. 주인 여자가 알을 가져갈 때마다 잎싹은 가슴이 텅 비는 것 같았다. 알을 낳을 때 뿌듯하던 기분은 곧 슬픔으로 바뀌곤 했다.

발끝으로조차 만져 볼 수 없는 알, 바구니에 담겨 밖으로 나간 뒤에는 어떻게 되는지 알 수도 없는 알을 일 년 넘게 낳다 보니 잎싹은 지쳐 버렸다.

－황선미 선생님의 《마당을 나온 암탉》(사계절) 중에서

시냇물을 사이에 두고 전갈과 개구리가 살고 있었다. 동쪽에 사는 전갈은 먹이가 많은 서쪽으로 가고 싶어서 개구리에게 부탁했다.

　　"개구리야, 나 좀 업고 서쪽으로 건너가게 해 다오."

　　"네가 나를 독침으로 물면 어떻게 하라고?"

　　"나는 수영을 못 해. 내가 너를 물면 너와 내가 둘 다 물에 빠져 죽어. 내가 왜 그런 짓을 하겠니?"

　　가만히 생각해 보던 개구리는 전갈을 등에 업었다. 시냇물 가운데 쯤 이르렀을 때, 전갈은 개구리를 독침으로 물었다. 개구리가 소리를 질렀다.

(뒤쪽에 계속)

"아얏! 이 바보야. 이러면 우리 둘 다 죽는다며…."

　　개구리는 물속으로 빠져 들어갔다. 전갈도 물속으로 빠지며 말했다.

　　"미안. 버릇이 돼서."

-아메리칸 인디언 우화 중에서

무슨 말을 하는 거니?

한 번에 하나씩 말하기

아리스토텔레스는 이렇게 말했어. "글을 쓸 때는 시작과 중간과 끝이 있어야 한다. 시작 앞에는 아무것도 없어야 한다. 중간은 시작과 끝 사이에 있어야 한다. 끝다음에는 아무것도 없어야 한다. 시작은 중간으로 연결되어야 하고, 중간은 끝으로 연결되어야 한다. 아주 부드럽게. 그리고 한 번에 하나씩 말해야 한다. 이 말했다 저 말 했다 하는 사람이 나는 제일 미워!"

제목과 글의 내용이 다르면 안 돼

다음을 읽고 어색한 부분을 말해 보자.

내 취미

내가 좋아하는 운동은 야구, 축구, 배구다. 나는 축구 선수 중에 박지성을 좋아한다. 박지성은 루니보다 더 좋다. 박지성이 빨리 우리나라에 돌아와서 축구를 했으면 좋겠다. 나는 공부 중에 수학을 좋아한다. 가끔 피아노 학원을 다니고 싶다고 엄마한테 말씀드리지만 들어주지 않는다. 엄마는 우리 가족 중에 제일 바쁘시다. 나는 바쁜 엄마, 아빠를 많이 도와드려야겠다. 아빠는 담배를 좀 끊으셨으면 좋겠다. 아빠는 40세인데도 매우 늙어 보인다. 아빠의 취미는 TV 보기다. 나는 '1박2일', '무한도전'을 좋아한다. 내 친구 하민이는 가수가 나오는 프로를 좋아한다. 하지만 책 보기도 좋아한다. 엄마는 홈쇼핑이 취미이시다. 엄마가 좋아하는 음식은 삼겹살이다.

-이인식

제목은 '내 취미'인데요,
중간이 넘어가면 아빠, 엄마,
친구 하민이 취미까지 나오네요.

맹가 말대로 이 글은 여러 가지 내용을 담고 있어. 중심이 되는 내용을 따라 몇 개로 나눠 보자.

(1) 내가 좋아하는 운동은 야구, 축구, 배구다. 나는 축구 선수 중에 박지성을 좋아한다. 박지성은 루니보다 더 좋다. 박지성이 빨리 우리나라에 돌아와서 축구를 했으면 좋겠다. 나는 공부 중에 수학을 좋아한다. 가끔 피아노 학원을 다니고 싶다고 엄마한테 말씀드리지만 들어주지 않는다.

(2) 엄마는 우리 가족 중에 제일 바쁘시다. 나는 바쁜 엄마, 아빠를 많이 도와드려야겠다. 아빠는 담배를 좀 끊으셨으면 좋겠다. 아빠는 40세인데도 매우 늙어 보인다. 아빠의 취미는 TV 보기다.

(3) 나는 '1박2일', '무한도전'을 좋아한다.

(4) 내 친구 하민이는 가수가 나오는 프로를 좋아한다. 하지만 책 보기도 좋아한다.

(5) 엄마는 홈쇼핑이 취미이시다. 엄마가 좋아하는 음식은 삼겹살이다.

이렇게 문단을 나눠 보니, '내 취미'에 대해서 한 말은 (1)과 (3)뿐이야. 나머지는 아빠, 엄마, 하민이의 취미에 대한 이야기이고. 차라리 이 글은 '우리 가족과 친구의 취미'라고 제목을 붙이면 더 좋았을 거야.

그럼 인식이가 자신의 취미에 대해서 쓴 (1)과 (3)을 다시 살펴 보자.

내가 좋아하는 운동은 야구, 축구, 배구다. 나는 축구 선수 중에 박지성을 좋아한다. 박지성은 루니보다 더 좋다. 박지성이 빨리 우리나라에 돌아와서 축구를 했으면 좋겠다. 나는 공부 중에 수학을 좋아한다. 가끔 피아노 학원을 다니고 싶다고 엄마한테 말씀드리지만 들어 주지 않는다. 나는 '1박2일', '무한도전'을 좋아한다.

이건 너무 짧은데요? 말을 하다 만 것 같아요.

물론 글이 짧긴 하지. 짧다고 해서 다 문제가 있는 건 아니야. 글이란 아리스토텔레스 말대로 '시작-중간-끝'이 있어야 해. 위의 글은 시작과 중간만 있고 끝이 없는 셈이야. "앞으로는 TV 보는 시간을 줄이고 축구를 더 많이 하겠다."든지 "축구와 피아노, TV 보는 것만큼 공부를 하면 얼마나 좋을까? 성적이 쑥쑥 올라갈 텐데." 하는 식의 결론을 덧붙이면 더 좋겠지. 무엇보다 '하나의 글에선 하나의 이야기만 한다'는 걸 잘 기억해 두라고.

읽는 사람이 헷갈리지 않게 글을 쓰자

하나의 글에선 하나의 이야기만 한다.

　내가 좋아하는 운동은 야구, 축구, 배구다. 공으로 하는 운동은 다 좋아한다. 나는 축구 선수 중에 박지성을 좋아한다. 박지성은 루니보다 더 좋다. 박지성이 빨리 우리나라에 돌아와서 축구를 했으면 좋겠다.

　야구 선수 중에는 이승엽과 박찬호를 좋아한다. 둘 다 외국팀에서 활동한다. 이승엽과 박찬호도 하루 빨리 우리나라로 돌아왔으면 좋겠다.

　나는 스케이트는 잘 타지 못한다. 하지만 김연아는 좋아한다. 김연아 선수는 외국팀에서 활동하지 않고 한국을 위해서만 활동한다. 그래서 더 좋다.

　나의 꿈은 운동선수가 되는 것이다. 내가 나중에 커서 훌륭한 선수가 되어도 반드시 한국팀에서 활동할 것이다. 물론 외국에 나가면 돈을 더 받을지 모르지만 나는 우리나라를 지키는 사람이 되고 싶다.

위 글에서 지은이가 하고 싶은 말은 뭘까?

어휴…… 어떻게 모두 헛다리만 짚고 있니? 아무래도 명탐정 홈즈의 힘을 빌려야 할 것 같다.

위 글의 제목으로 어울리는 것은 아마도 '내가 좋아하는 운동선수들', '나의 꿈은 운동선수', '우리나라에서 성공하자' 정도가 아닐까요? 위의 글은 한 가지 이야기를 하고 있지요. '나는 이런 이런 운동선수를 좋아한다. 나도 커서 운동선수가 될 것이다'라는. 거기에 멋지게 결론도 내고 있어요. '유명한 선수가 되어도 우리나라에서 활동하겠다'고.

그 결론이 옳은지 옳지 않은지는 중요하지 않아요. 나중에 이 글을 쓴 사람의 마음이 변할 수도 있는 거니까. 하지만 맨 처음 쓴 글보다는 훨씬 정리가 되어 있어요. 글을 시작해서 끝마칠 때까지 '하나의 이야기'를 하는 것이 중요해요. 운동 이야기를 하고 싶으면 운동 이야기만, 공부 이야기를 하고 싶으면 공부 이야기만 하라 이거지요. 이 얘기 했다, 저 얘기 했다 하면 읽는 사람이 헷갈려 해요. 좋은 글이 아닌 거지요. 응, 응, 알았죠?

이런 버릇 없는 아이들 같으니라고. 홈즈 씨 죄송해요. 그리고 감사합니다.

라이트 형제는 비행기를 위해 엔진을 직접 만들었다. 그 당시 이미 자동차가 발명되어 엔진을 파는 곳도 있었지만, 비행기에 달기에는 너무 무거웠기 때문이었다. 그러나 엔진을 프로펠러에 어떻게 연결해야 할지 고민했다. 그건 여동생 캐서린이 해결해 주었다. 그녀는 '자전거처럼 체인으로 연결하면 될 것'이라고 말해 주었다.

1903년, 라이트 형제가 첫 비행에 성공하고 나서 더 나은 성능의 비행기를 만들기 위해 선택한 장소는 오하이오 주의 허프만 목장이었다. 이 목장은 36만 평방미터의 넓이에 주위가 15미터 정도 되는 나무들로 둘러싸여 있었다.

(뒤쪽에 계속)

월버라이트는 농장에서 가장 가까운 역으로 가서 기차가 다니는 시간을 알아보았다. 기차는 30분마다 한 대씩 지나갔다. 그는 안도의 한숨을 내쉬었다. 왜 그랬을까?

　라이트 형제는 비행 실험을 철저히 비밀로 했다. 그래서 기차를 타고 지나는 사람들이 비행기가 나는 모습을 보고 소문을 낼까 봐 두려워했다. 하지만 30분 이상 비행하지 않으면 된다고 생각했다. 그리고 평균 6미터 정도의 높이로 날 계획이었으므로 높은 나무들이 비행기가 나는 모습을 가려 준다고 생각했다.

바퀴벌레가 자신의 손으로 기어 올라가는지 보기 위해 더 많은 아이들이 줄을 서기 시작했다. 여자아이 한 명이 다가오더니 "으! 못생겼다!"고 소리를 질렀다. 내가 무슨 말을 해도 여자아이는 들으려 하지 않았고, 못생겼다는 말을 앙칼진 목소리로 연신 외쳐대며 혐오감을 드러냈다. 바퀴벌레는 다른 아이들의 손에는 다 기어올랐지만, 이 여자애의 손으로 옮겨가는 것은 거부했다. 아예 그쪽으로 움직이는 시늉조차 하지 않았다.

"바퀴벌레를 밟으면 껍질이 깨지나요?"라고 말한 브라이언에게도 마찬가지였다. 바퀴벌레는 브라이언의 손바닥을 더듬이로 훑더니 바

(뒤쪽에 계속)

로 뒷걸음치다 뒤로 돌아 반대 방향으로 가버

렸다. 잠시 후, 브라이언이 다시 손을 내밀었

지만, 역시 바퀴벌레는 올라가지 않았다.

－'바퀴벌레는 자기를 싫어하는 사람이나 자기에게 화를 내는 사람에게 다가가지

  않는다'고 주장한 조안 록의 이야기

글을 다 쓰면
꼭 큰 소리로 읽어 봐!

자기가 쓴 글 고치기

좋은 글을 쓰기 위한 셜록 홈즈의 조언을 들어볼까?

"읽어 보기 원칙대로 고친 다음에, 헷갈리는 단어가 있으면 반드시 사전을 찾아봐야 합니다. 앞에 쓴 '헛갈리는 단어'는 '헷갈리는 단어'가 맞을까요? '헛갈리는 단어'가 맞을까요? 이런 게 헷갈리면 사전을 찾아보세요. 둘 다 맞는 말이죠. 그러니 아무거나 써도 된다고요. (방금 사전 찾아 봤음. 메롱~) 종이 사전도 좋고, 전자 사전도 좋아요. 인터넷 사전 검색을 이용해도 좋고요. 응, 응, 알았죠?"

감사합니다. 응응알았죠 씨! 헉! 아, 나 실수한 거 맞지?

 ## 큰 소리로 읽은 후 이상한 부분 고쳐 쓰기

자기가 쓴 글을 고치는 방법을 알아보자.

(1) 글을 쓴다.

(2) 큰 소리로 읽어 본다.

(3) 읽다가 이상하게 느껴지는 부분을 말로 해 본다.

(4) 말로 자연스럽게 연결되는 문장을 찾아 고쳐 쓴다.

(5) 낱말이 맞는지 틀리는지 헷갈릴 때는 사전을 찾아 보고 옳은 말로
   고친다.

> 우리 가족이 화목한 이유는 서로의 의견을 존중하고 싸워도 먼
> 저 사과를 해서 화목한 것 같다.
>   -홍대한

이 문장을 큰 소리로 읽어 봐. 이상한 곳이 있지?

주어가 '화목한 이유는'이고 서술어는 '화목한 것 같다'
이지요. 그럼 '화목한 이유는 ~ 화목한 것 같다'가
되는데 주어와 서술어가 어울리지 않아요.

맞아. 일단 이 문장은 주어와 서술어가 어울리지 않아. 그런데 주어가 '화목한 이유는'이야. 앞에 '이유는'이 나오면 뒤에는 뭐가 나와야 할까?

빙고! 따라 해 보자.

'뭐뭐하기 때문이다'가 와야겠죠?

 "이유는 때문이다!"

가타야, '이유는 -때문이다'를 넣어서 글짓기를 해 보렴.

지금 공부하기 싫은 이유는 배가 고프기 때문이다.

음…… 뭐 썩 좋은 글은 아니다만, 알았다. 끝나고 빵 사 먹어라.

문장의 앞부분에 '이유는'이 나왔으면 뒤에는 '때문이다'가 와야 해. 또 앞에 '왜냐하면'이 와도 뒤에 '때문이다'가 와야 하지.

나는 고양이를 좋아한다. 왜냐하면 고양이는 귀엽다.

이 문장을 말하듯 읽어 봐. 어색하지? 이렇게 말하는 사람은 없을 거야. "나는 고양이를 좋아한다. 왜냐하면 고양이는 귀엽기 때문이다."라고 말하는 게 자연스럽지.

셜록 홈즈의 조언대로 사전을 이용하자. 작가들은 수십 년 동안 글을 써 온 사람들이야. 이런 사람들도 사전을 찾아서 자기가 쓴 글이 맞는지 틀리는지 확인해. 그러니 여러분은 어떻게 해야 할까? 당연히 사전을 옆에 놓고 글을 써야 하는 거야.

앞의 원칙을 기억하면서 처음 예문을 바꿔 보자.

우리 가족이 화목한 이유는 서로의 의견을 존중하고 싸워도 먼저 사과를 하기 때문이다.

이 문장을 한 번 읽어 봐. 처음 문장보다 훨씬 부드럽게 읽을 수 있어. 그런데 이 문장도 아직은 조금 이상해.

'우리 가족이 화목한 이유는 서로의 의견을 존중하고 싸워도'까지만 읽어 보라고. 마치 '서로 의견을 존중하고 싸우는' 가족처럼 들리지 않아? 의견을 존중하면서 동시에 싸우는 것 같다니까. "네 의견은 존중하지만 넌 바보야!"라고 하는 것 같지. 이럴 때 유용한 것이 바로 쉼표(,)야.

우리 가족이 화목한 이유는 서로의 의견을 존중하고, 싸워도 먼저 사과를 하기 때문이다.

이렇게 고쳐 주어야 훨씬 더 자연스러운 문장이 되지. 쉼표 하나도 어디에 찍느냐에 따라 뜻이 달라져.

'병이 난 우리 형의 친구'라고 쓰면 형의 친구가 병이 난 것일 수 있지. 그런데 읽는 사람은 형이 병이 난 것으로 오해할 수도 있어. 이때 '병이 난, 우리 형의 친구'라고 쓰면 확실히 형의 친구가 병이 났다는 것을 알 수 있지.

그리고 셜록 홈즈의 조언대로 사전을 이용하자. 작가들은 수십 년 동안 글을 써 온 사람들이야. 이런 사람들도 사전을 찾아서 자기가 쓴 글이 맞는지 틀리는지 확인해. 그러니 여러분은 어떻게 해야 할까? 당연히 사전을 옆에 놓고 글을 써야 하는 거야.

진짜 사이다와 가짜 사이다?

꾸미는 말과 꾸밈을 받는 말에 대해 알아보자.

(1) 순이는 아름다운 어머니의 눈동자를 그대로 닮았다.
(2) 순이는 어머니의 아름다운 눈동자를 그대로 닮았다.
(3) 아름다운 순이는 어머니의 눈동자를 그대로 닮았다.

각각의 문장에서 아름다운 것은 무엇일까?
(1)은 어머니, (2)는 눈동자, (3)은 순이다.
'아름다운'이란 말이 뒤의 어머니/눈동자/순이를 꾸며 주고 있지.

다음을 읽어 보자.

어머니, 눈동자, 순이

별 느낌이 없다. 그러나 여기에 '아름다운'이란 말을 붙여 보자.

아름다운 어머니, 아름다운 눈동자, 아름다운 순이

머리에 어떤 모습이 확 떠오르지? 뒤의 말을 앞의 말이 꾸며주고 있기 때문이야. 꾸미는 말과 꾸밈을 받는 말의 순서에 대해 알아보자.

한낮의 기온이 섭씨 38도까지 오른 어제, 나는 진짜 사이다가 먹고 싶었다.

이 문장은 읽는 사람이 이렇게 오해할 수도 있어.
'바이러스가 퍼져 세계가 멸망하게 되자, 사이다 공장도 모두 없어졌다. 어렸을 때 먹던 사이다 맛을 기억하고 있던 주인공은 이렇게 말한다. "나는 가짜 사이다가 아닌 진짜 사이다가 먹고 싶었다."고……'
이렇게 생각할 수도 있지.
'지구 온난화로 겨울이 없이 여름만 계속되자, 우리의 주인공은 이렇게 외쳤다. "아, 나는 사이다가 정말정말 먹고 싶었다. 진짜 먹고 싶었다고!" 라고.'

만약 사이다 공장이 없어진 게 아니라, 주인공이 더워서 갈증이 났다면 '나는 진짜 사이다가 먹고 싶었다'가 아니라 '나는 사이다가 진짜 먹고 싶었다'라고 써야 해. 이것 말고도 흔히 하기 쉬운 실수들을 알아보자.

> 나는 텔레비전 보기를 너무 좋아하는 것 같다.
> 나는 삼겹살을 좋아하는 것 같다.
> 나는 빨간색을 정말 좋아하는 것 같다.

위 문장은 어디가 어색한 걸까?

자기가 뭔가를 좋아한다면 그냥 '좋아한다'라고 써야 하지 않나요? '~하는 것 같다'란 말은 어울리지 않는 것 같아요.

그렇지. 자신에 대해서 쓸 때는 '같아요', '같다'란 표현을 되도록 쓰지 않는 게 좋아. 위의 글은 그냥 이렇게 쓰면 돼.

> 나는 텔레비전 보기를 좋아한다.
> 나는 삼겹살을 좋아한다.
> 나는 빨간색을 정말 좋아한다.

내 마음을 나도 모를 땐 어떻게 해야 하나요?

???

간디는 말했다. "세상은 모든 사람의 필요를 채워주기에 충분하지만, 어느 누구의 탐욕을 채워주기에도 충분치 않다."고. 나눠 가지면 우리 모두는 충분히 잘 살 수 있다. 하지만 한 사람의 욕심을 채우기 위해선 이 세상의 모든 것도 부족하다. 사람의 욕심이란 끝이 없다. 백만 원을 가지면 천만 원을 갖고 싶어 하고, 천만 원을 가지면 일억 원을 가지려 한다. 한 달에 삼십만 원으로 여유 있게 사는 사람이 있는가 하면 하루에 백만 원을 써도 모자란다고 투덜거리는 사람이 있다.

행복이란, 얼마만큼 가졌는가의 문제가 아니다. 얼마나 만족하느냐의 문제다. '행복도 =

(뒤쪽에 계속)

만족÷가진 것'이다. 그럼 다음 문제를 풀어 보라.

(1) 갑돌이는 1만큼 가졌고 10만큼 만족한다. 갑돌이의 행복도는 얼마인가?

(2) 을돌이는 10만큼 가졌고 1만큼 만족한다. 을돌이의 행복도는 얼마인가?

(3) 갑돌이와 을돌이 중에 더 행복한 사람은 누구인가?

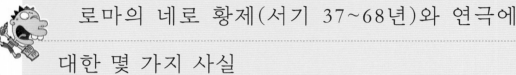

로마의 네로 황제(서기 37~68년)와 연극에 대한 몇 가지 사실

1. 네로는 황제가 된 직후인 열일곱 살 때, 서커스에서 춤 공연을 하면서 연극계에 데뷔했다.

2. 네로는 그리스 올림픽을 본 따 운동과 음악의 경연대회인 네로니아(Neronia)를 5년마다 한 번씩 열게 했다.

3. 서기 65년, 네로는 제2회 네로니아에서 비극 '니오베'를 공연해 열광적인 환영을 받았다.

4. 네로가 환영과 박수를 받은 이유는 다른 데 있었다. 그는 한 번 공연에 보통 5천 명의 박수부대를 동원했다. 이들은 다 멀쩡한 시민이었다.

(뒤쪽에 계속)

5. 네로가 배우로 공연할 때 박수를 치지 않거
나 조롱하는 사람들은 네로의 비밀경호원이
와서 끌고 갔다. 그리고 집에 돌아오지 않았
다. 그들이 어디로 갔는지는 아무도 모른다.

6. 네로의 공연은 보통 하루 종일 계속 됐으며
무척 지루했다. 네로는 사실 배우로서 재능
이 없었다. 그러나 공연이 끝날 때까지 아무
도 극장 밖으로 나갈 수 없었다.

7. 이 때문에 극장에서 아이를 낳는 여자도 있
었다. 사람들은 지겨운 공연장을 벗어나기
위해 죽은 척하기까지 했다. 그래야만 들것
에 실려 나갈 수 있었다.

책은 이렇게 읽어라

책 읽고 베껴 쓰기

우리가 책을 읽어야 하는 이유에 대한 맹가, 수비니, 가타의 생각이야. 가타는 "우리는 한꺼번에 세계 여러 곳을 갈 수 없습니다. 그러나 책을 읽으면 우리는 여행하는 것과 같은 느낌을 갖게 되지요. 또 책에는 동서고금의 온갖 지혜가 들어있습니다. 책을 읽으면 우리는 그만큼 현명해지고 행복하게 되지요. 책을 읽읍시다. 책을!"이라고 웬일로 오랜만에 옳은 말을 했어. 그런데 책에 다 나와 있는 말이었대. 역시 책이 좋긴 좋은 거야, 그치?

한 권의 책을 한 쪽씩 베껴 쓰기

책을 읽는 사람은 꿈을 이루지만, 게임만 하는 사람은 꿈이 사라진다. 게임도 적당히, TV 보기도 적당히 해야 돼. 하루에 한 시간 이내가 좋겠지. 책은 어떻게 읽어야 할까? 일단, 더럽게 읽어야 해.

그래. 책에 줄도 치고, 감동적인 쪽은 접어 놓기도 하고, 중요한 부분에는 메모지도 붙여 놓고… 어느 누구의 것도 아닌 자기 자신만의 책을 만들어 놔야 해.

책을 더럽게 읽으라고요?

저는 책을 주로 도서관에서 읽는데요?

도서관에서 책을 읽을 때는 물론 깨끗하게 봐야 하지. 도서관의 책은 나만의 것이 아닌 우리 모두의 것이니까. 필요한 책을 모두 사서 볼 수 없기 때문에 도서관에서 책을 많이 읽는 것이 좋아. 하지만, 정말 중요한 책은 꼭 사서 봐야 해. 교과서를 예로 들어보자. 각자에게 한 권 씩 있어야 하기 때문에, 교과서는 사서 보는 거야. (여러분이 돈을 내지 않아도, 교과서는 나라에서 혹은 부모님이 돈을 지불하고 구입하는 것이지.)

자기 자신의 책은 여러 번 읽고, 밑줄을 긋고, 손때를 묻혀서 나만의 것으로 만들어야 해. 그래야 책 속의 지식이 내 것이 될 수 있지. (손때만 묻

히면 안 되고.)

　한 권의 책을 읽고 실천해야 할 일이 있어. 책 내용 중에 가장 감동적이 거나, 재미있었거나, 새로운 부분 한 쪽을 베껴 쓰는 거야. 만약, 일주일에 한 권의 책을 읽고 한 쪽씩 베껴 쓴다면, 1년 뒤에 여러분의 글쓰기 실력 은 놀라울 정도로 늘어나 있을 거야. 정말이라니까.

　음, 그렇다고 집단 시위를 할 필요는 없어. 독서 노트를 만들어서, 한 권 의 책을 읽은 다음 왼쪽 페이지에는 독서 기록을 남기고 오른쪽 페이지에 는 베껴 쓰기를 해 보자.

"제가 어릴 적 폐하께서는 늘 온달에게 시집보낸다 하지 않으셨나이까? 그래 놓고 이제 와서 어이하여 말을 바꾸시나이까? 말씀을 하셨으면 책임을 지셔야지요. 저는 온달에게 시집을 가겠습니다. 그래서 아바마마께서 한 번 하신 약속은 반드시 지키는 분이란 것을 백성들에게 보여줄 것입니다."

"무어라! 이 방자한 것 같으니! 네가 지금 누구를 가르치려는 거냐?"

평원왕은 평강을 향해 옆에 있던 찻주전자를 던졌습니다. 그러나 평강은 피하지 않았습니다. 찻주전자가 어깨에 부딪쳐 뜨거운 물이 쏟아져도 공주는 그대로 꼿꼿이 앉아 있었습

(뒤쪽에 계속)

니다. 공주의 태도에 모두들 놀라서 어쩔 줄을 몰랐습니다. 평원왕조차도 기가 질려 버렸습니다. 마침내 평원왕은 소리를 질렀습니다.

"그래, 어디 네 마음대로 해 보아라! 당장 이 궁에서 떠나라! 누구든 공주의 뒤를 따르거나 도와주는 자는 내 칼을 받을 줄 알라! 이제부터 너는 내 딸이 아니다!"

평강은 일어서서 큰 절을 올린 뒤 뒤도 돌아보지 않고 또박또박 걸어 서궁으로 돌아왔습니다. 서궁 사람들은 모두 평강공주를 쳐다보지도 못했습니다. 공주를 따라나서는 것은 죽음을 각오해야 하는 일이었으니까요.

－정지원 선생님의 《태양의 딸 평강》(한겨레아이들) 중에서

아가들이 제일 먼저 하는 말은 바로 '엄마'다.

영어로 엄마는 맘마mamma인데 이탈리아 어, 아프리카 어도 mamma다. 독일어는 마마 mama, 스페인 어는 마미mami, 프랑스 어는 마 망 maman이다. 스웨덴, 노르웨이, 루마니아, 모 두 맘마 또는 마마라고 한다.

이탈리아 시실리 섬의 칸타니아 지방에서 는 우리와 비슷하게 오마oma?라고 한다. 우리 말의 함경도 사투리로 '어머니'가 '오마니'인데 혹, 이 말이 건너간 건가?

아플 때 소리지르는 말 '아야!'는 어떨까? 우 리는 아플 때 '아야!'라고 한다. 영어로는 '아우 치! Ouch!'라고 한다.

그리스 로마 신화에 나오는 아테나는 지혜의 여신이며 전쟁의 여신이다. 아테나는 제우스의 머리에서 태어났는데, 그녀가 태어날 때 다음과 같은 이야기가 전해져 온다.

　　어느 날 제우스는 머리가 깨지는 것 같은 아픔을 겪었다. 너무 고통스러워 제우스는 소리 내어 울었다. 대장장이의 신 헤파이스토스는 도끼를 들고 아버지 신인 제우스의 머리를 조심스럽게 갈랐다. 그러자 너울거리는 웃옷을 입고 투구를 쓴 아테나가 제우스의 머릿속에서 뛰쳐나왔다. 그와 함께 천둥소리가 울려 퍼졌다. 아테나가 태어나고 나서 제우스의 머리는 언제 그랬냐는 듯 이전처럼 다시 붙었다.

　　그런데 가만히 생각해 보자. 아테나는 지혜의 여

(뒤쪽에 계속)

신이다. 그리스 신화를 통틀어 이토록 산통을 겪고 태어난 신은 없다. 왜 그럴까? 지혜란 그런 것이기 때문이다. 뇌를 쪼개는 아픔을 겪고 나서, 고통으로 울부짖고 나서 얻게 되는 것이다. 내 머리가 깨질 정도로 괴롭지 않다면 지혜는 탄생하지 않는다.

그리스 신화는 우리에게 재미있고 가벼운 이야기를 들려주지만 그 속에는 삶의 진리가 숨어 있다. 그리스 신화를 읽을 때는 영화 <잃어버린 세계를 찾아서>의 주인공처럼 수많은 암호를 풀어나가야 한다. 그 암호를 푸는 열쇠는 독자의 상상력이다. 여러분이 엉뚱하고 기발한 상상력을 발휘한다면 어려운 책도 쉽게 읽을 수 있다.

* 어려운 책을 읽을 때에도 용기를 내길 바라는 마음에서 이 글을 실었어.

자기가 쓴 글에 대해
말해 보기

글에 대한 의견 주고 받기

자, 이제 마지막 장이니까 책을 읽고, 베껴 쓰고, 글을 쓴 다음에 할 일은 뭔지 물어봤어. 그런데 맹가, 수비니, 가타가 다시 원래의 모습으로 돌아갔네. 눈을 쉬거나 노래를 듣고 게임하는 것도 좋지만 한 가지가 더 남았다고. 응응알았죠 씨. 아니, 셜록 홈즈 씨의 도움을 받아야겠다.

친구들에게 내가 쓴 글 읽어 주기

글을 쓴 다음에는 자기가 쓴 글에 대해 말해 보는 것이 좋아요. 아, 물론 매번 그렇게 할 수는 없겠지요. 한 달에 한 번 정도 부모님이나 형제, 친구들 앞에서 자기가 쓴 글에 대해 말해 보는 경험을 해 보면 좋을 거예요. 또는 학교 선생님에게 건의해서, 특활시간에 이런 기회를 만들면 좋겠지요.

> 자기가 쓴 글에 대해 무슨 말을 해야 하나요?

내가 이 글을 쓴 이유, 이 글의 줄거리, 이 글을 쓰면서 어려웠던 점, 이 글을 읽는 사람들에게 바라는 점을 A4 용지 한 장에 간단히 적어 가서, 사람들 앞에서 발표해 보세요. 발표한 다음에는 자기가 쓴 글을 친구들에게 그대로 읽어 주거나, 친구들 숫자만큼 복사해서 나누어 주는 거지요. 그리고 친구들에게 '글을 읽고 난 소감'을 들어 보세요. 좋은 의견이 있으면 따로 적어 놓기도 하면서.

> 저, '응, 응, 알았죠?' 빼셨는데요?

> 여기서는 빼기로 했습니다.

친구들의 소감 중에 따로 적어 놓은 좋은 의견이 있다면 다음에 글을 쓸 때 그 의견을 생각하면서 써 봐. 더 좋은 글이 될 거야.

아, 물론 친구의 발표도 유심히 들어 봐야겠지? 내 글에 대한 친구의 의견, 친구의 글에 대한 또 다른 친구의 의견, 그리고 친구의 글에 대한 친구 자신의 의견 등등을 듣고 중요한 의견은 꼭 적어 두는 게 좋아.

글이란 결국 우리가 하는 말을 종이에 옮긴 것이야. 좋은 말이 좋은 글이 되고, 재미있는 말이 재미있는 글이 되고, 감동적인 말이 감동을 주는 글이 되는 것이지. 그러니까 평소에 좋은 말, 재미있는 말, 감동을 주는 말을 하려고 노력해 봐. 또 상대방의 말을 유심히 들어 보고. 그러면 좋은 글을 쓰게 될 거야. 글은, 말하고 듣고 읽고 써 나가는 과정에서 더 좋아지는 법이니까.

> 맞아요. 저도 친구들하고 한 시간 정도 떠들고, 한 시간 정도 게임하고, 한 시간 정도 실컷 먹고 나면 굉장히 기분이 좋아지면서 막 글을 쓰고 싶어져요.

아…… 가타야. 너는 도대체 언제 철이 드는 거니? 응? 응?

어떤 아빠가 아이에게 가르치고 싶은 것들

아가야, 나는 네가 다섯 살이 되면 수영을 가르칠 것이다.

여섯 살이 되면 나비와 꽃들에 대해 가르칠 것이다.

일곱 살이 되면 나무 심는 법을 가르칠 것이다.

여덟 살이 되면 노래를 가르칠 것이다.

아홉 살 때는 춤추는 법을 가르칠 것이다.

열 살 때는 피아노를 가르칠 것이다.

열한 살 때는 야영하는 법을 가르칠 것이다.

열두 살 때는 이성 친구와 친하게 지내는 법을 가르칠 것이다.

단, 이성 친구가 생긴다면.

쇠기러기들이 날지 못하고 몸부림치고 있어요. 여기저기 볍씨가 떨어져 있고 볍씨에서 농약 냄새가 나요. 누군가 기러기들을 잡으려고 농약에 담근 볍씨를 뿌린 게 틀림없습니다.

이미 중독이 되어 날지 못하는 쇠기러기를 병원으로 데려가 한시바삐 치료해야 합니다. 만약 독수리들이 농약 중독으로 죽은 쇠기러기를 뜯어 먹으면 독수리들까지 다 중독되어 버립니다. 그런 일을 막기 위해서 죽은 쇠기러기들도 함께 병원으로 데려갑니다.

치료를 받지 못하거나 치료가 너무 늦어 죽은 쇠기러기가 많습니다. 정말 화가 나고 안타깝지만 신경 쓸 겨를이 없습니다. 빨리 살아

(뒤쪽에 계속)

있는 생명부터 살려야지요.

　해독제를 주사한 다음 자꾸 물을 먹여서 농약이 배설물에 섞여 나올 수 있게 해 줍니다. 이제 쇠기러기들이 다시 기운을 차리기를 기다리는 일만 남았습니다.

　'얘들아, 힘내. 제발 살아 줘.'

-최협 선생님의 《따르릉! 야생동물 병원입니다》(길벗어린이) 중에서

베껴라 베껴! 글쓰기왕

병아리, 독수리 되다

나는 2021년 WBC 국가 대표가 되었다. 뛰어난 마무리가 결정적으로 나를 국가 대표로 이끌어 주었다. 우리 팀은 쉽게 4강까지 진출했다. 이번 WBC 우승 후보는 미국, 일본, 한국이었다. 야구의 인기가 매우 대단한 나라들이었다.

우리나라는 최근 독도를 되돌려 받은 기세를 몰아 일본 팀을 이기기로 결심했다. 5전 3선승제였다. 1전은 살아있는 전설 김광현이 뛰었다. 노장이었지만 현재도 한국 최고의 투수였다. 명장답게 김광현 선수는 7회까지 1실점을 하고 마운드를 내려왔다. 점수는 3:1로 우리가 앞선 상황이었다.

마무리 투수로는 내가 나갔다. 국내 프로야구 응원단과는 차원도 다르게 사람들이 많았다. 그런데도 침착하게 수비를 한 광현이 형이 대단하게 느껴졌다. 8회는 무난하게 막았다. 하지만 9회 중심타선을 맞아 1아웃인데도 주자 만루가 되었다. 감독님이 '부담스러우면 내려 와' 하고 사인을 보냈다. 나는 더 던진다고 사인을 보냈다. 일단 삼진을 하나 잡았다. 타자가 공을 쳤다. 중견수가 공을 잡아 플라이 아웃을 시켰다. 일본을 꺾었다!

－대구 중앙초등학교 6학년 김진호

미래에 대한 상상을 재미있게 표현했지? 그런데 진호야,
독도는 지금도 여전히 우리나라 땅이니까 앞으로 일본에게 '되돌려' 받는 일은 없겠지?

우리 가족 소개서

우리 아빠의 직업은 굴삭기 기사입니다. 우리 아빠는 술을 참 좋아하십니다. 술을 드시고 들어오시는 날에는 '우리 장손, 우리 장손' 하시며 '무슨 일이든 최선을 다해야 한다, 뭐든지 열심히 해야 한다'며 꼭 이야기를 하십니다.

우리 엄마. 저희 엄마는 만능 엔터테이너이십니다. 무슨 일이든 척척 다 해결하시고 못하는 일이 없습니다. 가족을 위해서 마을을 위해서 정말 많은 일을 봉사하십니다. 저희 집에서는 엄마 말을 듣지 않는 사람은 없습니다. 왜냐하면 저희 집에는 여자가 엄마뿐이기 때문입니다. 그리고 저와 저 바로 밑에 개구쟁이 내 동생이 있습니다.

제 동생은 초등학교 3학년인데 키가 나만하고 몸무게도 나와 비슷합니다. 요즘 내 동생은 야구에 푹 빠져 있습니다. 내 말을 듣지 않을 때는 밉지만 이 세상에서 둘도 없는 친구 같은 동생입니다. 내 동생 사랑한다. 그리고 엄마 아빠도 사랑해요.

–경북 함양 서상초등학교 5학년 서수범

사랑이 넘치는 가정을 잘 나타냈다. 따뜻한 정이 느껴지는 글이다.

나 자신에 대해서

　나는 특별히 잘나지도 못하고 그냥 내가 하고 싶은 것을 이루고 싶은 평범한 아이다. 내가 하고 싶은 것을 하고, 내가 하는 일에 흥미를 느끼는 내가 되고 싶다. 나는 이 세상 그 누구보다 엄마가 좋다. 이렇게 엄마, 아빠를 좋아하는 모습도, 고기를 잘 먹는 모습도, 잠을 자고 싶어 하는 모습도 다 나의 모습이다. 이 세상 누구도 자기가 하고 싶어 하는 것을 모두 하지 못한다. 그 누구도 즐겁지 않은 일이 없을 수는 없다. 그러니까 내 자신이 조정하면 된다. 내 마음에서 기분 나빠 하는 일을 재미있게 만들면 된다. 나는 지금까지 진정한 나 자신에 대해서 생각해 보지 않았다. 나의 진짜 꿈은 내가 좋아하는 것과 내 자신을 알아서 이해하는 것이다. 난 나 자신을 부끄러워하지 않는 내가 되고 싶다.

　-전북 익산 고현초등학교 5학년 한소린

자기 자신에 대해서 조용히 생각해 보고 쓴 글이다.
성숙한 소린이^^

나는 나

내가 잘하는 것은 그림 그리기다. 그래서 사람들은 나를 보면 "어이구! 그림 잘 그리네. 커서 화가 될 거지?"라고 말한다. 그러나 내 장래 희망은 소설 작가다. 왜냐하면 내가 쓰고 싶은 것을 마음껏 쓸 수 있고, 상상을 하며 창의력을 키울 수 있기 때문이다.

내가 존경하는 인물은 화가 모네다. 눈에 백내장이 걸렸는데도 그림을 쉬지 않고 부지런히 그린 결과 '수련'이라는 작품을 완성하고 돌아가셨기 때문이다. 나도 커서 꼭 노력하면서 살아야겠다. 이게 바로 나다.

‒전북 장수 장계초등학교 3학년 주다빈

오, 3학년치고 꽤 조리 있게 잘 썼지?

우리 반 그리고 나

　우리 반은 친구들이 22명이다. 우리 쌤은 별명이 뚱이 쌤이다. 별명이 왜 뚱이 쌤이냐면 아주 뚱뚱하고 예뻐서다. ㅋㅋ 내가 존경하는 인물은 대통령이다. 왜냐하면 대통령은 끝없는 길을 헤매왔으니까. 우리 가족은 나, 할아버지, 할머니다. 엄마 아빠는 없지만 아주 평화롭게 살고 있다.

　－초등학교 3학년 박지영

지영아! 엄마, 아빠는 없지만 평화롭게 산다는 너,
앞으로도 건강하고 행복하게 살길 바란다.
선생님과 대통령에 대한 너의 생각은 참 기발하구나.

좋아하는 음식, 싫어하는 음식

제가 좋아하는 음식은 여러 가지입니다. 과일 중에 특히 포도를 좋아합니다. 포도의 달인이라 불러 주세요. 제가 제일 싫어하는 음식은 핫도그입니다. 이유는 케첩을 뿌리기 때문이죠. 케첩을 오래전부터 싫어했지만 스펀지 프로그램 '케첩의 비밀'을 보고 나서 더욱더 싫어했지요. 그때부터 케첩은 도끼를 들고 있는 마귀할멈과 같은 거였지요. 케첩! 내 눈 앞에서 당장 꺼져!

　-전남 순천 송광초등학교 5학년 김다인

다인이는 정말 케첩을 싫어하는구나. 케첩=마귀할멈이라니.

하나밖에 없는 친구

　수빈이는 저에게 힘을 준 친구입니다. 하나밖에 없는 친구지만 친구 10명을 준다 해도 바꾸기 싫을 정도입니다. 어떨 땐 티격태격 싸울 때도 있지만 하루 이틀이 지나면 금방 화해합니다. 빠르면 그 다음 교시에 화해를 하죠.

　하지만 우리 반에 여자 아이가 저와 수빈이밖에 없어서 심심합니다. 밥먹을 때 남자 애들은 재미있게 먹습니다. 저희는 떨어져서 먹습니다. 그렇지만 제가 밥을 늦게 먹으면 수빈이는 항상 기다려 줍니다. 우린 꿈도약속했습니다. 내년에 같이 오디션 보러 가자고. 그리고 같이 가수가 되자고 했습니다.

　-충북 가덕초등학교 5학년 오예영

예영이는 좋겠다. 꿈을 함께 나눌 수 있는 친구가 있어서.

나는 왜 이럴까?

　나는 집에 있으면 컴퓨터밖에 하지 않는다. 왜냐하면 다른 것을 하면 심심하기 때문이다. 나는 항상 새로운 것만 원한다. 공부도 새로운 공부, 인터넷 아이디도 항상 새롭게, 게임도 새로운 것만. 나는 목마르면 오로지 물만 마셔야 된다. 음료수나 우유나 국을 마셔도 소용이 없다. 나는 인내가 없다. 재미있는 게임도 한 시간 하다 질려서 게임을 끄고 다른 생각을 한다. 나는 자랑을 많이 한다. 애들보다 조금 잘하는 게 있으면 항상 바로 자랑을 한다.

　-제주 북촌초등학교 5학년 이태우

태우는… 약간 4차원 소년인 듯. 하하하.

우강이에게

우강아 안녕? 나는 주성이야. 넌 참 좋은 아이인 것 같아. 네가 운동을 잘해서 막 잘난 체할 줄 알았는데 알고 보니 잘난 체도 안 하고, 오히려 친절하게 대해 주어서 좀 놀랐어. 하지만 지금은 친한 친구가 되어서 기분이 참 좋아. 너와 같은 만능 스포츠맨이 내 친구라는 게 자랑스러워. 우리 앞으로 더 친하게 지내자. 그럼 안녕.

추신: 다음에는 농구도 좀 가르쳐 줬으면 좋겠어.

　-서울 창경초등학교 4학년 김주성

친구에게 쓴 편지, 우정과 사랑이 넘쳐나네. ^^

베껴 쓰기 연습 많이 했나요?

그런데 이 책에 나온 글들만 베껴 쓰는 것으로는 부족하답니다.

평소에도 꾸준히 베껴 쓰며 연습하는 것이 더 중요해요.

(사실은 명로진 선생님도 베껴 쓰기 대왕이랍니다. 후훗.)

좋은 글을 만나면 꼭 연습해 보세요.

응, 응, 알았죠?

(앗! 안 쓰기로 했는데……)

베껴라 베껴! 글쓰기왕
- 글도 공부도 베껴야 는다!

초판   1쇄 발행   2013년 12월 05일
개정판   1쇄 발행   2016년 03월 03일

지은이   명로진
그린이   이우일

펴낸곳   리마커블
펴낸이   김일희

주문처   신한전문서적
전화   031-919-9851
팩시밀리 031-919-9852

리마커블은 ㈜퍼플카우콘텐츠그룹의 단행본 출판 브랜드입니다.

출판신고 2008년 03월 04일 제2008-000021호
주소   서울특별시 마포구 연남동 568-39 칼라빌딩 402호 (우)121-869
대표전화 070-4202-9369
팩시밀리 02-6442-9369
이메일   4best2go@gmail.com

ISBN   978-89-97838-91-2 (63800)

책값은 뒤표지에 있습니다.
잘못된 책은 구입한 곳에서 바꾸어 드립니다.

이 책은 아모레퍼시픽의 아리따글꼴을 사용하여 디자인 되었습니다.

잊을 수 없는 책, 리마커블!